I0634324

ROBERT 1988

# J. Lombard

# Poésies religieuses

Annecy

Imprimerie de J. Abry, Libraire-Éditeur

1892

# Poésies religieuses

*Imprimatur.*
Annecii. 6 sept. 1892.
F. GAVARD, *vic.gen.*

# J. Lombard

# Poésies
# religieuses

Annecy

Imprimerie de F. Abry, Libraire-Éditeur

1892

## Avertissement de l'Éditeur

L'accueil sympathique, qui a été fait l'année dernière au Mont-Blanc et ses Belvédères, de M. l'abbé Lombard, nous présage celui qui attend les Poésies religieuses, du même auteur.

Dans ce nouveau recueil, l'artiste au brillant coloris, aux ciselures si délicates, dont le burin a rendu avec tant de charme et de précision technique les merveilleuses beautés de nos Alpes savoisiennes, n'a point été inférieur à lui-même quand il s'est pris à chanter, au hasard des circonstances, ou suivant les inspirations de sa piété, quelques-unes des merveilles produites par la foi.

C'est surtout lorsqu'il emprunte au Prophète royal son luth inspiré, pour assouplir, dans la traduction des psaumes, le génie puissant du texte biblique aux exigences de notre langue, que le poète montre les qualités maîtresses de son talent.

Les Poésies religieuses, en même temps qu'elles enrichiront l'écrin littéraire de la Savoie, seront un précieux aliment pour la piété.

# Bernard de Menthon

## Bernard de Menthon

———✦———

E n'est que joie et bruit dans le manoir en fête ;
Et quoique la soirée approche du matin,
Aucun des conviés ne songe à la retraite.
Seul, Bernard a quitté la salle du festin.

Oui, Messires, je suis le plus heureux des pères,
Disait le vieux baron aux hôtes du manoir ;
Merci pour ces enfants ! Que leurs jours soient prospères :
Le Ciel aura comblé nos vœux et notre espoir !

Mon fils semblait rêver une autre destinée ;
Vers le cloître, peut-être, il eût suivi Germain :
Et, vivant, j'aurais vu s'éteindre ma lignée !
Le deuil eût remplacé la fête de demain !...

Grâce à Dieu, j'étais là pour guider sa jeunesse,
A Bernard j'ai tracé le chemin de l'honneur.
Il s'est soumis sans peine, et pour moi sa tendresse
Montre mieux chaque jour qu'il me doit son bonheur.

Laissons-le sans témoins préparer en silence
Son cœur si jeune encore au bonheur qui l'attend.
Nous, amis, poursuivons. Du beau jour qui s'avance
Saluons, verre en main, la venue en chantant !

❀

Bernard avait rejoint sa chambre solitaire.
— Enfin, me voilà seul ! Mon Dieu, que dois-je faire ?
Cria le noble enfant, le regard vers les cieux.
Et les larmes à flots jaillissent de ses yeux.
Le trouble de son âme ajoute à sa détresse,
Car l'épreuve grandit pendant que l'heure presse.
Mon Dieu, la nuit avance, elle est près de finir,
Et demain, disent-ils, les époux vont s'unir !

Quoi! malgré mes serments, mes vœux, malgré moi-même!

O mon père, Bernard vous honore et vous aime,

Et vous, je le crois bien, vous aimez votre enfant ;

De mon triste bonheur vous êtes triomphant ;

Mais pour moi votre amour est cruel, ô mon père !

Vous connaissiez mon cœur, le destin qu'il espère,

Et qu'à tous vos projets il n'a pu se prêter.

Mon père, pourquoi donc à ce point vous hâter,

M'entourer de liens et, muette victime,

De force m'entraîner jusqu'au bord de l'abîme ?

Que sais-je ? La carrière où se portaient mes vœux

Demande une âme sainte ; et moi, présomptueux,

Peut-être de la suivre étais-je trop indigne !...

L'embarras où je suis, Seigneur, est-il un signe

Que mon cœur par l'orgueil se laissait éblouir ?

Obéir à mon père, est-ce vous obéir ?

« Je n'ai que toi, dit-il, pour espoir de ma race,

« De tes nobles aïeux tu dois suivre la trace,

« Comme eux par ta valeur illustrer ton blason

« Et porter, sans fléchir, la gloire de Menthon.

« Que d'autres servent Dieu dans le cloître ou l'Eglise,

« Pour eux ce peut bien être une noble entreprise ;

« Mais de toi, de mon fils, Bernard, on attend mieux,

« Tu garderas ton rang sans être moins pieux.

« Au reste j'aime à voir cette rare sagesse

« Qui couronne en mon fils l'éclat de la jeunesse,

« J'aime à te voir savant ; car il faut, de nos jours,

« Etre habile au conseil, profond dans le discours,

« Et joindre le savoir aux droits de la naissance.

« Pour moi je te réserve une noble alliance :

« Tu plais à Marguerite ; elle a donné sa foi,

« Et, loué soit le Ciel ! elle est digne de toi ! »

— Marguerite !... Oh ! mon Dieu, quel que soit dans la vie

Le sort où votre voix en secret me convie,

Sur elle répandez la paix et le bonheur !

Ces yeux si purs, ce front où resplendit l'honneur,

Son sourire, sa voix qui révèle son âme,

Ses traits qui sont d'un ange autant que d'une femme,

Le charme et la candeur qui suivent tous ses pas,

Et tant d'autres vertus que l'œil n'aperçoit pas :

Elle mérite bien, ô mon Dieu, d'être heureuse ;

Et si, pour s'épancher, son âme généreuse

A besoin d'un ami, d'un autre ami que vous,

Seigneur, heureux celui qui sera son époux !

Son époux ! Qu'ai-je dit ? Elle est ma fiancée !...
Mon souvenir peut-être occupe sa pensée...
Elle m'aime, elle croit sans doute à mon amour ;
Pour elle le bonheur s'avance avec le jour !...
Mon Dieu, qui l'avez faite et si pure et si belle,
Est-ce là la carrière où votre voix m'appelle ?...

. . . . . . . . . . . . . . . . .

❀

Votre voix, ô mon Dieu, serais-je dans l'erreur,
Toujours j'ai cru l'entendre au dedans de mon cœur.
Je l'entendais, enfant, dans les bras de ma mère ;
Ne sachant rien encor de cette vie amère,
D'un sublime avenir je nourrissais l'espoir ;
Je vous appartenais, Seigneur, sans le savoir !
Puis, quand la raison vint, grandissant avec l'âge,
Quand le monde à mes yeux eut offert son mirage,
Le secret qu'à mon âme avait dit votre voix,
Mon sort prédestiné devint mon libre choix.
O mon Dieu, vous savez si mon âme ravie
Jamais d'un autre sort a conçu quelque envie.

C'était trop peu ; Seigneur, à votre doux appel
Un jour j'ai répondu par un vœu solennel ;
Pour me lier d'avance à ma sainte carrière,
Entre le monde et moi j'élevai la barrière
De mes serments ; dès lors je ne m'appartiens plus ;
Si j'avais des regrets, ils seraient superflus.
Mais non, Seigneur ; Bernard ne sera point parjure ;
Tout ce que j'ai juré, de nouveau je le jure,
Que mon père sur moi décharge son courroux,
Nulle femme jamais ne m'aura pour époux !
Car vous êtes l'Amant et l'Epoux de mon âme,
Vous êtes tout son bien, tout ce qu'elle réclame ;
Honneur, plaisir, amour, ineffable beauté,
Je trouve en vous, Seigneur, plus que je n'ai quitté.
Et je n'ai du bonheur cueilli que les prémices,
Je n'ai point à l'autel savouré les délices
Que goûtent chaque jour vos sacrés serviteurs ;
Mon Dieu, de mon épreuve abrégez les lenteurs,
A mes vœux, sans retard, ouvrez le sanctuaire,
Et puisque à vos desseins tout le monde est contraire,
Soyez aux yeux de tous mon guide et mon soutien,
Seigneur, sauvez vos droits et prenez votre bien !

✻

Bernard était vainqueur. Et cette lutte intime,
Cet amour envers Dieu, fidèle et magnanime,
Enfantait le héros des siècles à venir.
Le Ciel dès ce moment allait intervenir.
Pendant que le jeune homme, immobile, en extase,
Se livre tout entier à l'ardeur qui l'embrase,
L'Ange du Seigneur vient et le touche du doigt :
Il est debout, d'un pas tranquille il va tout droit
A la fenêtre ; il l'ouvre, et sa main souveraine,
Saisissant les barreaux, les écarte, sans peine ;
La brèche faite, il passe..., et l'on apprit, plus tard
Qu'en des pays lointains on parlait de Bernard.

✻

Les Alpes, ce jour-là, nos Alpes tressaillirent ;
La foudre et l'ouragan grondèrent sur les monts,
   Et les échos du Mont-Jou retentirent
Des longs cris de douleur poussés par les démons !

Et les anges chantaient des hymnes d'allégresse :
  Gloire à Dieu ! gloire à son Elu !
L'amour terrestre en vain s'offrait à sa jeunesse,
  L'amour céleste a prévalu !

Gloire à Dieu qui transforme en bienfaiteurs du monde
  Les humbles cœurs qui l'ont quitté ;
Gloire à Dieu qui remplit d'une sève féconde
  Le lys de la virginité !

# Saint Dominique et le Rosaire

# Saint Dominique et le Rosaire

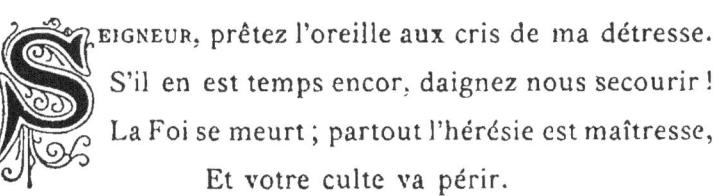

*Spes nostra !*

SEIGNEUR, prêtez l'oreille aux cris de ma détresse.
S'il en est temps encor, daignez nous secourir !
La Foi se meurt ; partout l'hérésie est maîtresse,
    Et votre culte va périr.

Hélas ! que ferez-vous de ce peuple incurable,
Séduit par le mensonge, au vice abandonné,
Qui ne voyant en vous qu'un juge inexorable,
    Refuse d'être pardonné ?

Mon Dieu! que votre bras sur moi s'appesantisse
Et venge votre amour de mes lâches froideurs;
Faites-moi tout souffrir! Mais que votre justice
    Epargne les pauvres pécheurs!

      ✻

Dominique, à genoux, poursuivait sa prière...;
Tout à coup, dans ses mains, son crucifix de bois
    Brilla d'une vive lumière;
    Le Christ étendu sur la croix,
      Relevant sa paupière,
    Lui disait de sa douce voix :

« Fidèle serviteur, ton zèle, ta constance,
« Quel qu'en soit le succès, aura sa récompense;
« Courage ! et loin de toi les pensers soucieux,
« Enfant, remets le tout à ton Père des Cieux !
« L'homme peut aisément suivre sa destinée;
« J'illumine son âme aussitôt qu'elle est née;

« Sa raison dans ma loi lui montre son chemin,

« Et, pour le soutenir, ma grâce est dans sa main.

« Que voudrait-il de plus ? Faut-il que je lui donne,

« Pécheur et révolté, l'immortelle couronne ?

« Ou bien qu'à tout jamais les bons soient confondus ?

« Mais j'entends tes soupirs pour des frères perdus ;

« Eh bien ! je te remets la sentence suprême,

« Entre l'homme et son Dieu tu jugeras toi-même ! »


— Moi, juger contre vous, Seigneur, ou bien contre eux !

Vous, c'est la bonté même ; eux, ils sont malheureux !


— « Oui, leurs maux sont grands ; oui, mon amour est immense ;

« Mais que peut mon amour contre l'indifférence ?

« Ils ne voient que le Juge ! Ont-ils donc oublié

« Qu'au milieu des pécheurs par mon Père envoyé,

« Heureux de partager les souffrances humaines,

« J'ai revêtu leur crime et fait tomber leurs chaînes ;

« Que de mes droits enfin j'ai fait plein abandon

« Pour n'être qu'un Sauveur apportant le pardon ? »


❧

Alors, la voix du Saint se perdit dans les larmes
    Qui de ses yeux coulaient à flots ;
L'abattement ploya sa tête, et ses alarmes
    Eclatèrent en sanglots.


... Il eût pleuré sans fin. Mais le Christ fit entendre
De nouveau sa parole au serviteur navré.
C'était la même voix sereine, mais plus tendre ;
    Le Christ avait aussi pleuré !


— « Dominique, as-tu donc douté de ma tendresse ?
« Pourquoi gémir ainsi ? La peine qui t'oppresse,
« Tu sais bien que mon cœur la partage avec toi.
« Rassérène ton front, lève tes yeux vers moi !
« Mon amour ne voit rien d'impossible, et mon Père,
« Quand il n'est plus d'espoir, veut encor qu'on espère ;
« Tes larmes, ta douleur, bien loin de l'offenser,
« C'est lui qui les inspire : il va les exaucer.
« Tu pleures sur le sort de ce peuple en démence
« Qui brave ma colère et frustre ma clémence :
« Ce peuple, Dominique, il ne périra pas !
« Pour sauver les pécheurs de l'éternel trépas,

« Il me reste un moyen, — il me reste Marie !

« Oui, les temps sont venus, et ma Mère chérie

« Va soumettre le monde à son sceptre vainqueur.

« Ecoute, Dominique, et raffermis ton cœur.

« Celle de qui j'ai pris mon humaine nature

« Dépasse de bien loin toute autre créature ;

« Sa candeur attira le Verbe dans son sein.

« Soumise avec amour au céleste dessein,

« Elle est la Vierge pure, entre toutes bénie,

« Que mon père a formée au gré de son génie.

« Hélas ! l'auguste Vierge a versé bien des pleurs,

« Et ma Mère est aussi la Mère des Douleurs !

« Dans le rachat du monde elle est co-rédemptrice,

« Et lourde fut sa part quand à mon sacrifice

« Elle dut consentir, elle dut assister ;

« Quand auprès de ma Croix elle voulut rester

« Debout dans sa douleur ineffable et sereine !

« Les Martyrs à bon droit la proclament leur Reine :

« Mais sa gloire est plus haute : elle est Mère de Dieu !

« Souviens-toi maintenant de ce dernier adieu

« Que la Vierge reçut de moi sur le Calvaire :

« — Femme, voilà ton fils ; enfant, voilà ta mère !

« Cet enfant qu'à Marie, au moment du trépas,

« Je laissais en ma place et jetais dans ses bras,

« Que Jean représentait dans ce contrat suprême,

« Cet enfant plus aimé que l'Apôtre lui-même,

« Cet enfant de douleur, cet autre Benjamin,

« C'était Jean, c'était toi, c'était le genre humain !

« Oui ! j'ai mis les pécheurs dans le sein de ma Mère !

« Qu'ils ne se plaignent plus de cette vie amère ;

« Si de vaines terreurs, si leurs iniquités

« Les éloignent de moi qui les ai rachetés,

« Qui leur ouvre mes bras, — mais qui reste leur juge ;

« Que craindraient-ils encor quand ils ont un refuge

« Dans ce cœur indulgent, pitoyable au malheur,

« Qui ne sait pas punir, — quand ma Mère est la leur ?

« Dominique, tu vois sur quel espoir se fonde

« La gloire de mon Père et le salut du monde ;

« Tu vois de quelle main doit venir le secours.

« Va donc, prêche Marie, et dans tous tes discours

« Exalte la bonté, les grandeurs de ma Mère :

« Tu seras désormais l'Apôtre du Rosaire ! »

# Le Doctorat de saint François de Sales

# Le Doctorat de saint François de Sales

ÉPITRE A UN AMI

*Magnus ab integro sœclorum nascitur ordo.*
(VIRGILE.)

OYEZ-VOUS ce touriste escalader les cimes
Pour toiser le géant de nos Alpes sublimes ?
Du Brévent, du Buet son regard, il le croit,
Dans le front du Mont-Blanc ira frapper tout droit ;
Il monte, il monte encor ; mais le Mont-Blanc s'élève
A plus grands pas ; enfin, quand sa course s'achève,

Il se retourne, il voit se dresser au midi,
Plus altier que jamais, le colosse grandi !
De même, chaque jour, et d'année en année,
François, dans nos esprits, grandira la journée
Où, portant à la main sa palme de Docteur,
Votre aimable patron, comme un triomphateur,
Dans son cher Annecy recevait nos hommages.
Quel beau jour ! un ciel pur, et des fronts sans nuages ;
De l'immense concours nul bruit ne s'élevait ;
D'un même élan la foule en ordre se mouvait,
Le regard attaché sur les saintes Reliques,
Confiant sa prière au chant des saints Cantiques,
Embaumant la cité de grâce et de pudeur,
Et de tous nos décors couronnant la splendeur.
Lorsque, du Champ-de-Mars envahissant l'arène,
La marche triomphale eut inondé la plaine,
Tous placés à leur rang, la Messe commença.
Un frisson dans mon cœur à ce moment passa...
Ce lac aux flots dormants, aux rives gracieuses,
Ces prêtres prosternés et ces foules pieuses,
Ce corps-saint que la gloire a déjà pénétré,
Cet autel où s'achève un mystère sacré...

J'étais ému de voir ainsi nos deux patries

Se sourire, et mêler leurs images chéries.

Oh ! ces fêtes, François, c'est plus qu'un souvenir,

C'est l'aurore d'un siècle, — et le jour va venir !


❋


Certes, Rome a bien fait de remettre à notre âge

Pour rendre à son Héros ce magnifique hommage,

Et du monde chrétien le proclamer Docteur.

A l'Ecrivain-Poète, au Saint, à l'Orateur

Les deux siècles passés, François, osons le dire,

Ont marchandé l'éloge et nié l'art d'écrire.

Un critique, je crois, y met quelque façon,

Le préfère à Calvin et l'égale à Charron !

Vous connaissez Charron ?... Mais laissons le critique.

Trop large à Port-Royal, à la Cour trop mystique,

Parlant le vieux gaulois dans un style fautif,

Notre Saint fut trouvé trop simple et bien naïf.

Et ses comparaisons, ses images charmantes ?

Elles scandalisaient les personnes savantes.

Enfin, pour quelques-uns bienveillants à l'excès,

Il est bon, mais il faut... le traduire en français !

Ainsi n'en jugent pas notre siècle ni Rome ;

L'une a vengé le saint, l'autre vengera l'homme.

Son vieux temps, ses écrits, c'est pour nous l'âge d'or ;

Notre langue y retrouve un splendide trésor

Qu'elle avait follement dissipé dans sa course ;

Style ferme et hardi, gaîté coulant de source,

Tours vifs, termes nerveux, clairs comme le cristal,

Mots d'un seul bloc, tout francs, jaillis du sol natal :

Ce langage, François, avait bien sa richesse !

Le nôtre a plus d'éclat, de douceur, de souplesse ;

La phrase a revêtu l'élégance et l'ampleur ;

Mais qu'elle est lente ! Où sont la force et la chaleur,

Sa gaîté sans efforts et ses grâces naïves ?

— Les vieux écrits « gaulois », voilà les sources vives

Où la langue, achevant sa virile beauté,

Puisera sa jeunesse et l'immortalité !

—

❋

Il est de plus grands biens où nous devons prétendre.

Nous avons un Docteur : saurons-nous le comprendre,

Et, des âges chrétiens revendiquant l'honneur,

Retrouver dans la Foi le secret du bonheur ?

Notre siècle, François, est un enfant prodigue,

Enfant vieilli, ployant sous la double fatigue

De ses rêves déçus, d'un labeur sans espoir ;

Sa liberté, bien plus qu'autrefois le devoir,

Lui pèse ; mais l'orgueil, ô misère suprême !

Masque de lâcheté dont il rougit lui-même,

Par la honte et la peur l'enchaînant tour à tour,

Vers le foyer natal lui défend le retour.

En vain son fier génie a subjugué le monde,

Compté les feux du ciel, sondé la mer profonde,

De l'espace et du temps abrégé les retards,

Et, peuplant nos cités des chefs-d'œuvre des arts,

Dans tous les champs humains étendu ses conquêtes :

Sous son luxe brillant, dans l'éclat de ses fêtes,

Au milieu des splendeurs, notre siècle se sent

Le cœur froid, l'âme vide et le corps languissant !

Eh bien ! c'est désormais l'heure de l'espérance !
Ayant tout épuisé, tout, jusqu'à la souffrance,
N'importent nos erreurs, notre orgueil mal éteint,
Nous sommes les clients qu'il faut à notre Saint.
Car, pour suivre en son vol ce merveilleux génie
Qui pénétra le monde et n'y vit qu'harmonie,
Pour priser son grand œuvre, il faut avoir souffert,
C'est au dernier malheur que ce baume est offert.
Dieu, qui sur nos besoins mesure ses largesses,
A l'enfant retrouvé prodigue les caresses ;
Il nous fait des faveurs dont nos frères surpris,
Moins éprouvés que nous, méconnaîtraient le prix !


Ce langage si doux, qui d'abord vous enchante,
C'est mieux qu'un écrivain, c'est une âme qui chante,
Une âme grande et simple, un esprit gracieux
Qui vous fait de la terre une image des cieux.
En sa théologie il se meut à son aise,
Dévoilant sans efforts une vaste synthèse

Que le génie admire et que saisit l'enfant ;
Son zèle, sans combattre, est toujours triomphant,
Et l'âme du lecteur se donne tout entière
A ce père qui parle au sein de la lumière.


Il nous faut cette grâce, il nous faut cette ampleur
A nous que l'orgueil ronge et qu'aigrit le malheur.
Notre luxe et nos arts, et nos vaines sciences,
Nos œuvres, nos progrès qui nous semblent immenses,
Sur notre antique foi déversant le mépris,
A d'autres horizons ont ouvert nos esprits,
Et promis à nos cœurs des voluptés nouvelles :
Pour nous sauver enfin de ces erreurs cruelles,
Pour guérir notre esprit et notre cœur troublé,
Ces abîmes sans fond que rien ne peut combler,
François, il nous fallait ce maître incomparable
Dont la main, sans blesser, corrige le coupable,
Et d'un charme divin lui parant la vertu,
Relève au ciel son cœur vers la terre abattu.

❋

Oui, nous la goûterons dans sa hauteur sereine,
Cette théologie, auguste Souveraine,
Qui régit l'univers et nous-mêmes et Dieu,
Fixe à chaque science et son but et son lieu,
Montre à l'homme sa fin, ses devoirs, son histoire,
Et son Dieu qui l'appelle à partager sa gloire !
Et déjà, quels que soient les maux de notre temps,
Le progrès se révèle à des traits éclatants.
Nous sommes loin du siècle où le *savant* Voltaire
Ameutait contre Dieu la tourbe littéraire,
Bafouait la Genèse, hypocrite frondeur,
Et passait pour un sage à force d'impudeur.
Juste ciel ! la science une école d'outrage !
De nos jours elle entend autrement son ouvrage.
Chercher la vérité, toujours, de toutes parts,
En cueillir et lier tous les fragments épars ;
Du temps, de Dieu, de l'homme et des races éteintes
Au ciel et sur la terre observer les empreintes ;

Scruter l'homme lui-même et la Divinité,
Etre enfin le témoin de toute vérité,
Voilà le grand travail qu'un savant doit poursuivre.


Nous en avons ici plus d'un exemple à suivre.
C'est d'abord notre Saint. Il est beau de le voir
Ouvrant dans sa demeure un asile au savoir,
Faire de notre ville une nouvelle Athène,
S'entourer de savants dans sa *Florimontaine,*
Et prendre pour devise, à sa fière façon :
« Des fleurs, des fruits toujours ! sans trève la moisson ! »
La vieille Académie ouvrait bien la carrière !
Notre Florimontane est sa digne héritière ;
Ses travaux font honneur aux « moissons » d'autrefois,
Et le nom qu'elle porte est illustre deux fois !


Et voici qu'à son tour une jeune rivale,
Une sœur, dès l'abord lui promet une égale :
Fille du Doctorat et vivant souvenir
De ces fêtes du ciel, trop promptes à finir,

Notre Salésienne a pris pour son partage
D'étudier le Saint, ses écrits, son langage.
Déjà de la science elle a bien mérité,
Elle offre en son printemps les fruits mûrs de l'été!


Non, François, notre espoir ne sera pas un rêve :
Le Christ a pris pitié du siècle qui s'achève,
Le Docteur est à l'œuvre, et bientôt, je le crois,
Le monde courbera le front devant la Croix !

# Saint Joseph, patron et protecteur de l'Église

# Saint Joseph

### Patron et protecteur de l'Église

Vous l'avez bien choisi, sainte Eglise, ô ma Mère,
  Votre patron universel ;
Des Hérodes sanglants le trône est éphémère,
  Joseph a son trône immortel !
Il guidera la Nef au milieu de l'orage
Comme il guidait Jésus dans le désert en feu ;
D'autres enseigneront : à chacun son ouvrage ;
Mais Lui nous sauvera, Lui dont l'humble courage
Obéissait à l'Ange et commandait à Dieu !

4

O Mère ! Vos enfants connaissent la souffrance !
  Le plus grand nombre et les meilleurs
Arrachent à grand peine une maigre pitance
  Au sol qu'arrosent leurs sueurs.
Mais Joseph, comme nous, du pauvre eut les livrées,
La main rude et calleuse et la sueur au front !
Nous mêlerons nos pleurs à ses larmes sacrées,
Et nos cœurs abattus et nos âmes navrées,
Souriant à Joseph, Mère, vous béniront !


Pour le monde, Il ne fut qu'un charpentier vulgaire,
  Et l'on se demandait comment
Son travail soutenait un enfant et sa mère
  Qui partageaient son dénuement.
— Pour qui donc gardez-vous les plaisirs et la gloire,
Seigneur, quand vos amis sont pauvres, inconnus ?
— « Mon fils ! le monde n'a qu'un bonheur dérisoire :
« Veux-tu, comme Joseph, l'éternelle victoire ?
« Travaille comme lui sous les yeux de Jésus !

A votre voix, ô Mère, à la voix de Marie,
     Le paganisme, avec stupeur,
Vit l'homme dégradé, vit la femme flétrie,
     Se relever beaux de pudeur ;
Mais votre œuvre a du temps reçu plus d'une injure,
Et pour la restaurer, Mère, que ferez-vous ?
— « Par un céleste attrait, je vaincrai la nature :
« La Vierge gardera la jeune fille pure,
« Le jeune homme suivra le Virginal Epoux !


« Aussi bien qu'un Patron, tous auront un Modèle,
     « Et voudront marcher sur ses pas ;
« Le vieillard et l'enfant, le prêtre et le fidèle,
     « Tous les âges, tous les états
« De Joseph recevront du courage et des armes ;
« La vertu n'aura plus de sentiers malaisés ;
« Et le prêtre à l'autel, plein de tendres alarmes,
« Aura devant ses yeux pour retenir ses larmes,
« Joseph couvrant Jésus de paternels baisers ! »

Mère, je vous bénis ! Vous êtes immortelle,
    Les ans ne sauraient vous vieillir,
Et de votre beauté que le temps renouvelle
    Vos fils peuvent s'enorgueillir :
Puissent-ils à leur tour, comblant votre espérance,
Se montrer de Joseph les dociles enfants,
Dans ce siècle pervers garder leur innocence,
Imiter leur Patron au sein de la souffrance,
Et dans le Ciel un jour le suivre triomphants !

# Les Grandes Noces d'Or

# Les Grandes Noces d'Or

*Vicit Leo de tribu Juda.*

Un souffle d'allégresse a traversé le monde,
L'avenir, sombre hier, n'inspire plus d'effroi ;
La lumière a brillé dans notre nuit profonde ;
Chrétiens, voici le jour qu'attendait notre foi !
Voici la fête universelle ;
Peuples, debout ! Courez à la ville éternelle,
Chantez les Noces d'or et le Pontife-Roi !

PEUPLES LOINTAINS.

« Des rivages lointains nous venons, Très Saint-Père,
Acclamer, en ce jour, votre nom glorieux :

C'est en vous que l'Eglise et que le monde espère :
Loué soit Dieu qui rend votre règne prospère
Et glorifie en vous son Christ victorieux ! »

ROIS ET PRINCES.

« Devant la majesté du Pontife suprême,
Rois, nous courbons la tête et ployons les genoux :
Gloire à celui qui tient la place de Dieu même,
Qui porte sur le front un triple diadème
Et qui, Roi dépouillé, reste plus grand que nous ! »

LE PEUPLE.

« O Vicaire du Christ, achevez son ouvrage,
Vous souffrez de nos maux, vous voulez les guérir ;
Des peuples à vos pieds nous apportons l'hommage,
Et rendant gloire au Dieu dont vous êtes l'image,
Nous baisons votre main qui ne sait que bénir ! »

NATIONS INFIDÈLES.

« Le monde, ô grand Pontife, est plein de ta sagesse ;
A la voix de tes fils nous joignons notre voix ;
Laisse-nous des chrétiens partager l'allégresse,

Le Ciel t'aime, il bénit ton auguste vieillesse,
Puissions-nous mériter de vivre sous tes lois ! »


O fête merveilleuse, ô spectacle sublime,
Partout les mêmes vœux, partout les mêmes chants !
Le monde entier s'ébranle, et, d'un pas unanime,
Porte au Père commun l'amour de ses enfants !
Ce jour de joie et d'espérance,
N'est-ce point l'avenir qui dévoile d'avance,
Sainte Eglise de Dieu, vos destins triomphants ?


✻


Souvent, quand je suis seul, maître de mes pensées,
J'entraîne mon esprit, loin des routes tracées,
Par delà cette terre et les orbes des cieux,
Vers le ciel immuable, inaccessible aux yeux,
Où réside Celui que je nomme « mon Père » ;
Là mon âme respire en sa vraie atmosphère ;

Là, comme au voyageur planant sur l'horizon,
— La foi prêtant sa vue à ma faible raison, —
Un monde tout entier, dans sa grandeur suprême,
Se déroule à mes yeux. C'est le divin poëme,
Le drame solennel de justice et d'amour,
Qui commence à l'Eden et, passant tour à tour
Par l'Etable joyeuse où la Vierge fut mère,
La Cène du Cénacle et la Croix du Calvaire,
Sur terre et dans le ciel met tout en mouvement,
Et dans l'Eternité conduit son dénouement !
Drame étrange ! Ici-bas, la scène est assez belle
Quand de la vie elle offre une image fidèle,
Quand je puis oublier, crédule spectateur,
Que le héros du drame est un habile acteur ;
Mais ce drame divin qui jette sur la scène
Avec le Créateur toute la race humaine,
Ce n'est pas pour mon âme un mensonge émouvant,
C'est un trône de gloire au ciel du Dieu vivant !


O vous qui nous parlez, dans une langue obscure,
Du Dieu de la raison, du Dieu de la nature,

Qui devant l'univers vous arrêtez ravis,
Prenant pour le palais ce qui n'est qu'un parvis ;
Vous ignorez encor, maîtres de la science,
Votre lieu d'origine et vos droits de naissance,
Et que le Créateur vous a fait ses enfants !
Même avant de créer les cieux étincelants,
Au sein de sa famille il marqua votre place.
Lui ! que lui font les cieux, et le monde, et l'espace ?
Et vous, lorsque le Christ, frère du genre humain,
Du foyer paternel ouvre à tous le chemin ;
Pendant que son Eglise épanche sur le monde
La Parole de vie et la Grâce féconde,
Vous, aveugles et sourds, enflés d'un vain savoir,
Vous passez sans comprendre et regardez sans voir !

❋

Redoutable grandeur, et pauvres que nous sommes !
Ce destin, cette épreuve, où viendront tous les hommes,
En y courant soi-même on pense au genre humain !
Le passé, je l'ai vu ; mais que sera demain ?

De votre œuvre, Seigneur, de votre grande cause,
— Je le demande à Vous qui savez toute chose, —
De cette Humanité faite pour vous bénir,
De l'Eglise du Christ quel sera l'avenir ?


Au Christ vous avez dit : « Pour prix de ta victoire
« Tu monteras, mon Fils, au trône de ma gloire,
« Tu verras l'univers à ton sceptre soumis. »
Seigneur, nous attendons le triomphe promis.
Des pervers, cependant, nous sommes la risée :
« Votre Pape est captif, sa puissance est brisée ;
« Vous parlez de triomphe, et vous allez périr,
« Et déjà votre foi n'est plus qu'un souvenir ! »


Qu'importe des méchants la fureur éphémère ?
L'avenir est à vous, sainte Eglise, ô ma mère ;
Vous combattre, on le peut ; vous détruire, jamais !
Non, non ! l'œuvre du Christ va grandir désormais.
Pendant que le mondain rit de votre défaite,
Allez ! de l'univers achevez la conquête ;

Puis, aux peuples anciens qui connurent vos lois,
Mais qu'il faut conquérir une seconde fois,
Annoncez de nouveau la parole de vie ;
Ils ont assez souffert de leur orgueil impie,
D'un terrestre bonheur qu'ils poursuivent en vain,
Pour avoir faim et soif de l'aliment divin !


O mon âme, espérons ! Jamais, le long des âges,
Notre espoir a-t-il vu de plus brillants présages ?
Contemple le héros de ce jour fortuné,
Admire quel Pasteur le Ciel nous a donné !
Son fier et doux regard rayonne de génie ;
Il a, comme les forts, une grâce infinie
Et ce noble abandon qui subjugue les cœurs ;
Egal par la doctrine aux plus profonds docteurs,
Ses austères vertus, sa puissante parole,
Tout, à son front de roi, donne cette auréole
Qui désigne aux mortels un envoyé des cieux.
A vous donc l'avenir, Pontife glorieux !
A vous donc l'avenir, et le rôle sublime
D'affermir la justice et d'effrayer le crime,

De maintenir les rois et les peuples en paix,
Et de vaincre le monde à force de bienfaits !


Prélude merveilleux d'une ère encor plus belle,
Il est digne déjà d'une gloire immortelle,
Ce règne de dix ans dont le rapide essor
Nous apporte l'éclat des grandes Noces d'or !
Pape et Roi, poursuivez votre belle carrière !
Vous êtes le Docteur, donnez votre lumière ;
Relevez les esprits, resserrez les liens
De la science humaine et des dogmes divins.
Entre les nations, Pontife, soyez juge ;
Que tout peuple opprimé trouve en vous son refuge,
Que le monde chrétien ait enfin cet honneur
De suivre librement la voix de son Pasteur.


L'avenir est à vous, ô Pontife suprême !
Et si l'impiété, qui rugit et blasphème,
S'applaudissant des coups qu'elle nous a portés,
Ose nous dire encor que nos jours sont comptés ;

Gloire à Dieu, dirons-nous, la victoire est prochaine !

Le Christ saura répondre au défi de la haine

Et faire à son Eglise un triomphe plus beau,

Car le Christ ne veut pas redescendre au tombeau !

# La Vierge du Rosaire à Chamonix

## La Vierge du Rosaire à Chamonix

———❦———

O N voit à Chamonix, à l'autel du Rosaire,
      Un tableau charmant.
  Si c'est une œuvre d'art, je l'ignore, et vraiment
      Ne m'en inquiète guère.
Le sujet, c'est la Vierge et le divin Enfant ;
      C'est un sujet fort ordinaire,
Mais la Vierge est si douce, et l'Enfant est si beau !
      Lui, sur les genoux de sa Mère ;
      Elle, sur un char de lumière,
      Son pied nu sur un escabeau ;
Tandis qu'agenouillés devant leur Souveraine,
Deux Anges, le front calme et la pose sereine,

S'écartant aux coins du tableau,
Tressent de leurs doigts roses
Des guirlandes de roses
Sur les franges de son manteau.
La jeune Mère est là dans sa joie ingénue,
Ses yeux n'ont point encore été mouillés de pleurs ;
Sur son Enfant elle attache sa vue,
Comme les Anges sur les fleurs.
Jésus seul, relevant sa belle tête blonde,
Regarde au loin et sourit à la ronde.
Il n'a joyau ni bracelet,
Mais sur la tête une couronne,
Et de sa main mignonne,
Il tient les grains d'un chapelet.
Or, il est certains jours où l'image si belle
Revêt encor plus de beauté.
C'est quand la foule envahit la chapelle
Et remplit tout le bas-côté ;
Quand, les genoux ployés, enfants, hommes et femmes
Murmurent à loisir l'*Ave* de Gabriel,
Récréant leurs regards et reposant leurs âmes
Auprès de la Reine du Ciel.

Alors, ces belles fleurs que cueillent les deux Anges
Sur les lèvres du peuple éclosent par essaims,
Et l'Enfant, qui sourit aux dévotes phalanges,
Peut voir que son Rosaire a passé dans leurs mains.
Oui, maintenant la scène est belle, harmonieuse,
Comme la grande voix qui réveille l'écho :
Car la vision sainte et la foule pieuse
      Ne font qu'un seul tableau !


Mais, écoutez ! — Un homme, à la voix souveraine,
Vient de dicter un ordre obéi sans retard :
« Jusqu'aux confins du monde agrandissez la scène,
« J'y veux placer la terre et le ciel en regard !
    « Au chœur plaintif de la famille humaine,
    « Chœurs glorieux unissez vos concerts ;
       « Et vous, auguste Reine,
    « Du haut des Cieux bénissez l'Univers ! »


Cet homme, gardez-vous d'applaudir son génie,
Son œuvre est au-dessus de l'humaine grandeur ;
Il parle au nom du Christ ! Sa parole bénie

Des célestes desseins atteste l'harmonie,
Et la miséricorde autant que la splendeur !

Il a vu nos combats, le péril de nos âmes,
Et l'abîme de maux où le monde est plongé,
L'audace des pervers, leurs odieuses trames,
L'innocence attirée en des pièges infâmes,
Le crime triomphant et le Christ outragé !

Alors, contre l'enfer et la horde insolente,
Qui pensait abolir l'Evangile et la Croix,
Le Pape a relevé le drapeau de Lépante,
Jetant un cri suprême à la Vierge puissante,
Qui des mêmes dangers nous sauva tant de fois !

Et le peuple chrétien, effeuillant le Rosaire,
De la Vierge Marie implore le secours ;
Et nous donnons un mois entier à la prière,
Confiants, assurés que la divine Mère,
En royales faveurs, nous comptera les jours !

# Les Huit Béatitudes

# Les Huit Béatitudes

*Non ex solo pane vivit homo.*
(Evangile.)

RACER aux hommes le chemin
    Qui mène à la Béatitude,
    Est une difficile étude
    Que l'homme poursuivait en vain.
Un Dieu dut y mettre la main.
Jésus, dans sa mansuétude,
Un jour, devant la multitude,
En exposa le plan divin.
Jamais, des lèvres d'un prophète,
Une doctrine aussi parfaite

N'avait jailli jusqu'à ce jour.

— Jésus parlait sur la montagne,

Et la foule tout à l'entour

Au loin recouvrait la campagne.

❋

« Bienheureux les pauvres d'esprit,

« Car au ciel ils ont un royaume. »

La richesse n'est qu'un fantôme

Sur lequel souffle Jésus-Christ.

Si la fortune vous sourit,

Prenez garde au divin axiôme :

« Bienheureux les pauvres d'esprit,

« Car au ciel ils ont un royaume. »

La pauvreté sainte fleurit

Aux palais comme sous le chaume,

Mais l'orgueil éteint son arôme

Et l'avarice la flétrit.

« Bienheureux les pauvres d'esprit,
« Car au ciel ils ont un royaume. »

« Bienheureux les hommes bénins,
« Ils seront maîtres de la terre. »
Laissez dormir votre tonnerre,
Rois orgueilleux, peuples mutins ;
Quand tous vos triomphes sont vains,
A quoi bon vous faire la guerre ?
« Bienheureux les hommes bénins,
« Ils seront maîtres de la terre. »

La douceur a les traits sereins ;
Transparente comme le verre,
Elle est dure comme la pierre
Et toujours ferme en ses desseins.
« Bienheureux les hommes bénins,
« Ils seront maîtres de la terre. »

❀

« Heureux ceux qui sont dans les pleurs,
« Car ils verront sécher leurs larmes. »
Espoir si doux, mêlé d'alarmes,
Qui vers le ciel portes nos cœurs,
Tu divinises nos douleurs
En même temps que tu les charmes :
« Heureux ceux qui sont dans les pleurs,
« Car ils verront sécher leurs larmes. »


Ici-bas les rudes labeurs,
Au ciel le repos et ses charmes ;
La paix s'achète par les armes,
Après les épines les fleurs :
« Heureux ceux qui sont dans les pleurs,
« Car ils verront sécher leurs larmes. »

❀

« Heureux les affamés du Bien,
« Ils verront leur faim assouvie. »
La foule, aux plaisirs asservie,
Dans ce discours ne comprend rien.
Connaissez-vous, ô Stoïcien,
Cette faim qui mène à la vie ?
« Heureux les affamés du Bien,
« Ils verront leur faim assouvie. »


L'attrait de l'âme, son soutien,
La beauté dont elle est ravie,
C'est le Dieu vivant, qui convie
Au saint amour le cœur chrétien :
« Heureux les affamés du Bien,
« Ils verront leur faim assouvie. »


❀


« Heureux les hommes de pardon,
« Ils trouveront miséricorde. »

Ainsi, dans l'amour tout s'accorde :
Dieu de ses droits fait abandon,
Et nous lui semblons faire un don
En oubliant notre discorde :
« Heureux les hommes de pardon,
« Ils trouveront miséricorde. »


Pécheurs, voilà notre rançon !
En Dieu, la clémence déborde ;
En nous c'est une faible corde
Qui doit vibrer à l'unisson :
« Heureux les hommes de pardon,
« Ils trouveront miséricorde. »

✿


« Heureux les hommes au cœur pur,
« Car ils verront Dieu face à face. »
Partout de Dieu brille la trace,
Mais Dieu lui-même reste obscur ;

Océan d'or, ou ciel d'azur,
Notre œil ne voit que la surface.
« Heureux les hommes au cœur pur,
« Car ils verront Dieu face à face. »


Pour notre orgueil l'oracle est dur !
Que le génie humain s'efface,
C'est l'innocence qui prend place
Aux splendeurs du siècle futur :
« Heureux les hommes au cœur pur,
« Car ils verront Dieu face à face. »


❀


« Bienheureux les hommes de paix,
« Car Dieu se montrera leur père. »
Au méchant, d'abord tout prospère ;
Puis, au plus fort de son succès,
Un souffle passe et pour jamais
Emporte sa force éphémère :

« Bienheureux les hommes de paix,
« Car Dieu se montrera leur père. »


Seigneur, quand ployés sous le faix
Du mensonge et de la colère.
Nous gardons un cœur débonnaire,
Pour enfants tu nous reconnais :
« Bienheureux les hommes de paix,
« Car Dieu se montrera leur père. »


❀


« Heureux qui souffre pour le droit,
« Il aura le ciel en partage. »
Chrétiens, armez-vous de courage,
Car, du plus fort au plus adroit.
Tout, dans ce monde au cœur étroit,
De la justice prend ombrage,
« Heureux qui souffre pour le droit,
« Il aura le ciel en partage. »

Le trésor du juste s'accroît
A chaque injure, à chaque outrage.
Un jour, le céleste héritage
Lui paîra tout avec surcroît.
« Heureux qui souffre pour le droit,
« Il aura le ciel en partage. »

Tel est l'admirable discours,
Tombé de la bouche divine,
Que les échos de Palestine
Répandirent aux alentours.
Les siècles ont jusqu'à nos jours
Transmis la céleste doctrine ;
L'un après l'autre elle illumine
Les âges chrétiens dans leur cours.
Le nôtre a plus d'une souffrance... ;
Comme un vieillard sans espérance,

6

Il se consume en vains efforts.

Ah ! s'il entendait ta parole,

Seigneur ! — C'est elle qui console

Tous les regrets, tous les remords !

# La Méditation d'un jeune Prêtre

## La Méditation d'un jeune Prêtre

Loin du monde et du bruit, et des vaines pensées,
Des projets d'avenir et des peines passées,
O mon âme, recueillons-nous.
C'est l'heure de prier. La nuit et le silence
Nous laissent mieux sentir la divine présence :
Devant Dieu ployons les genoux.


O Père, ô Créateur, ô Majesté suprême,
Qui remplissez le monde et voyez en moi-même
Tous les mouvements de mon cœur ;
O Fils, ô Rédempteur de votre créature,
Dont le sang généreux lave toute souillure
Et rouvre le Ciel au pécheur ;

O Saint-Esprit, foyer d'amour et de lumière,
Qui dispensez la grâce et l'esprit de prière
    Et la divine piété :
Humble et reconnaissant, je m'incline et j'adore !
Riche de vos seuls dons, je les réclame encore
    O trois fois sainte Trinité !


Vierge, en votre secours je mets ma confiance ;
Des mystères divins ouvrez l'intelligence
    A mon impuissante raison.
Vous, célestes amis, qui me gardez sans cesse,
Mon Patron, mon bon Ange, aidez à ma faiblesse
    Et bénissez mon oraison.


« Ma chair est nourriture et mon sang est breuvage.
« Je suis le pain vivant, le pain venu du Ciel ;
« La manne du désert n'en était que l'image,
« Elle laissait mourir, moi, je rends immortel.

« Qui se nourrit de moi, c'est pour moi qu'il doit vivre ;
« C'est en moi qu'il demeure, et je demeure en lui ! »


O mon âme, adorons ! — et fermons le saint Livre ;
Ce discours de Jésus nous suffit aujourd'hui.


✿


Le céleste banquet où le Christ nous convie,
Sa chair, son sang, le pain de l'éternelle vie,
Pain vivant, qui se donne au seul peuple chrétien,
Tu l'as goûté, mon âme, et tu le connais bien !
A l'âge de dix ans, plein de joie et de crainte,
Pour la première fois devant la Table sainte
J'allai m'agenouiller. Oh ! le doux souvenir !
Bonheur encor plus grand, j'y pouvais revenir,
Car la Table du Christ, chaque jour, est dressée,
Et le divin Epoux attend sa fiancée.
Et maintenant !... Seigneur, mon Dieu ! Qu'avez-vous fait ?
Je reste confondu devant un tel bienfait ;

Maintenant, je suis prêtre ! Hier, au sanctuaire,
L'évêque a sur mon front gravé le caractère,
L'ineffaçable sceau qui d'un pauvre mortel
Fait un prêtre du Christ et le lie à l'autel ;
J'y monte tout-à-l'heure, et je dirai la messe !
— Mon Dieu, je suis à vous, j'en ai fait la promesse,
Au feu de votre amour mon cœur s'est enflammé ;
Mais vous aimer, c'est peu, je dois vous faire aimer ;
Je dois à vos enfants rompre le pain de vie.
Tous ont droit au banquet dont mon âme est ravie,
Et ce monde oublieux qui se meurt loin de vous,
Est convié lui-même au festin de l'Epoux.
— Seigneur, soyez béni ! De vos sacrés mystères
Vous voulez que nos mains soient les dépositaires,
Que par nous votre voix passe au peuple chrétien :
Qu'importe mon néant, vous serez mon soutien !


Ce monde qui vous fuit, Seigneur, et vous oublie,
Ne veut point avouer sa coupable folie.
Le monde ! il a des cieux sondé les profondeurs ;
De l'humble tabernacle aux divines splendeurs

Il a sondé l'abîme : abîme infranchissable ;
Votre honneur souverain, votre gloire adorable,
O mon Dieu, s'y perdrait sans pouvoir le combler !
« Il ne faut pas que l'ordre éternel soit troublé,
« Et Dieu doit obéir aux lois de la nature.
« Eh quoi ! si recherchant sa pauvre créature,
« L'Eternel habitait en effet parmi nous,
« Nous verrions l'univers tomber à ses genoux,
« Des merveilles sans nombre attester sa présence,
« Et le monde paré de joie et d'innocence
« Offrir un nouveau ciel à son hôte divin.
« Prodiges et vertus, nous les cherchons en vain ;
« En vices, en douleurs la terre est trop fertile ;
« Et si le Christ est là, sa présence inutile,
« Son autel délaissé, son obscure prison
« Est indigne du Dieu qu'adore la raison ! »


Votre amour, ô mon Dieu, demande qu'on vous aime ;
Le monde n'aime pas, et le monde blasphême !
Ainsi, quand parmi nous tout souffre et tout gémit,
On repousse la main qui console et guérit !

Au sacrement d'amour, où germe l'innocence,
Ceux qui n'ont point de part l'accusent d'impuissance,
Et s'armant contre vous de leur impiété
Vous reprochent, Seigneur, votre autel déserté !
Ah ! si votre grand bras, redoublant les miracles,
De flammes et d'éclairs couvrait vos tabernacles,
Si l'autel s'entourait des célestes splendeurs,
Ils se joindraient peut-être à vos adorateurs ;
Mais, non ; vous êtes là doux, paisible et sans gloire ;
Le monde s'en étonne et ne veut pas y croire !
Monde insensé ! Le Dieu dont l'amour généreux
Féconda le néant pour faire des heureux ;
Le Dieu qui pour sauver d'indignes créatures
Est venu sur la terre expier nos injures,
Le Dieu qui sur la croix a versé tout son sang,
Ce n'est pas d'aujourd'hui qu'il déchoit de son rang !
Non, non ! Pour prendre ici du Très-Haut la défense,
Sauvegarder sa gloire ou borner sa puissance,
Il est trop tard ! Au Christ, au Roi de l'univers
Laissez l'espace libre et les chemins ouverts ;
Laissez ce Conquérant, oublieux de sa gloire,
Au gré de son génie achever sa victoire ;

Dans ses abaissements qu'il aille jusqu'au bout,

Il peut bien tout quitter, lui, le maître de tout !

Il nous aime, l'amour sait combler tout abîme.

Il est le pain vivant, comme il fut la victime ;

Il trône dans les Cieux, il règne au Sacrement ;

Et quand à nous pécheurs il s'offre en aliment,

Quand, poursuivant son œuvre et brisant toute entrave,

Il se fait près de nous plus humble qu'un esclave,

Ravi de son amour je m'en étonne peu :

L'amour aime à descendre, et c'est l'amour d'un Dieu !

✿

O Jésus ! Dans l'humble refuge

Que vous habitez parmi nous,

Je reconnais mon Dieu, mon Sauveur et mon Juge,

Je vous adore et crois en vous.

Je vous adore dans l'Hostie

Qui s'immole sur nos autels,

Dans le pain, dans le vin qui nous donnent la vie
Et font de nous des immortels.


La foule hélas ! dans sa démence
Ici vous laisse en l'abandon ;
Pour notre ingratitude et notre indifférence
Seigneur, je demande pardon.


Au nom du divin sacrifice
Que bientôt mes mains vont offrir,
Seigneur, faites-nous grâce, et que votre justice
Attende notre repentir.


Pour eux, Seigneur, je vous implore,
Je vous implore aussi pour moi ;
Pour moi, votre ministre ! oh ! je ne puis encore
Seigneur, y penser sans effroi !

Mon Dieu ! c'est en vous que j'espère
Pour enrichir mon dénûment ;
Vous ne laisserez pas mon âme en sa misère
Auprès de votre Sacrement.


Le maître doit de ses richesses
Faire part à son serviteur ;
Prêtre, quand à mon tour je tiendrai mes promesses,
A vous en reviendra l'honneur.


Comme une fleur, dans le saint Livre,
Cueillons, mon âme, ce discours :
« Qui se nourrit de moi, c'est pour moi qu'il doit vivre ! »
Soyons à Jésus pour toujours !

# La Mission du Poète

# La Mission du Poète

Comment nous aimez-vous, si vous n'aimez pas Dieu ?
(A. DE VIGNY.)

Oui, l'œuvre du poète est une œuvre bénie,
Sa mission est sainte, et son but est sacré :
C'est aux ordres divins qu'obéit son génie,
C'est aux cieux que sa lyre emprunte l'harmonie
Par laquelle il nous charme et nous meut à son gré.


Suivez-le dans son vol ! Il se plaît sur les cimes.
Il lui faut la lumière et l'air pur des hauteurs ;
De là son fier regard plane sur les abîmes,
Il contemple, il admire. et ses accents sublimes
De ce vaste univers racontent les splendeurs.

Sous le même regard s'étalent d'autres scènes.
L'homme, à lui seul, pour l'homme est un monde si grand !
Le poète a sondé les passions humaines,
Les drames de la vie et ces idoles vaines
De gloire et de plaisir où notre cœur s'éprend.


Dans les secrets des cœurs, dans ceux de la nature,
Il rencontre partout l'éternelle Beauté ;
Son âme en réfléchit, comme une glace pure,
Les vestiges épars sur toute créature,
Et jusque dans la nuit rayonne de clarté.


Car le poète croit à la Beauté suprême,
Au Dieu dont la sagesse éclate à chaque pas ;
Seigneur, il vous adore, il vous sent en lui-même ;
Et lui, toujours si doux, il jette l'anathème
A l'être dégradé qui ne vous connaît pas.

Le poète, Seigneur, croit à votre parole,
Il croit à votre amour révélé par la Foi,
Il croit à votre Christ qui pardonne et console,
Et le monde, à ses yeux, n'est qu'un faible symbole
De ce monde meilleur dont vous êtes le Roi.


« Levez, levez les yeux, nous disent les poètes,
« La terre est un exil, la patrie est au Ciel! »
Et d'un hymne vainqueur proclamant nos conquêtes,
Ils marchent devant nous, comme les saints prophètes
Qui guidaient vers Sion le peuple d'Israël.

✾


Bonaparte avait clos sa sanglante épopée.
Victoires et revers, tous ces grands coups d'épée,
La France espérait bien ne les revoir jamais.
Elle oublia bientôt et le sang et les larmes;
Elle trouvait si doux de vivre sans alarmes
Et de voir refleurir l'olivier de la paix.

Les Bourbons relevaient leur trône héréditaire,
— Mais la France, restée aux genoux de Voltaire,
De ses nobles destins n'avait plus souvenir ;
Le soldat qui courait, stoïque, à la bataille
S'était fait des vertus et des dieux à sa taille,
Et, sans penser au ciel, savait vivre et mourir.


L'incroyance toujours est fatale au génie.
En bafouant le Christ, le doute et l'ironie
Opprimaient la pensée et brisaient son essor ;
Les poètes, saisis de stupeur et de crainte,
Ne venaient plus chanter autour de l'Arche sainte,
Et n'osaient vers le ciel ouvrir leurs ailes d'or.


Il débutait ainsi le vieux siècle où nous sommes.
— Alors, dans notre France, on vit deux jeunes hommes,
Jetant à pleines mains les chefs-d'œuvre immortels,
Ouvrir des champs nouveaux à la pensée humaine,

Et, comme le vainqueur qui rentre en son domaine,
Relever fièrement la Muse et les autels.


A la Vérité sainte il fallut rendre hommage.
Nos poètes parlaient un merveilleux langage.
Le monde entier se tut pour écouter leurs voix,
Et la France, avec eux relisant son histoire,
Au Seigneur, à son Christ avec eux rendit gloire,
Car la France est toujours le soldat de la Croix !


❋


Ils ne sont plus... La mort cueille aussi les poètes.
Mais les rayons de feu qui couronnaient leurs têtes
Dans la mort et l'oubli ne sauraient s'obscurcir ;
Ils ont pris dans l'histoire une si large place,
Et dans l'esprit humain si profonde est leur trace
Que près d'eux pâlira tout autre souvenir.

Leur œuvre aussi vivra. Dans sa libre carrière
L'Humanité jamais ne revient en arrière,
Ses progrès d'aujourd'hui hâtent ceux de demain ;
Elle aussi dans le ciel a vu briller l'étoile,
Elle a vu resplendir la Vérité sans voile,
Et d'un pas triomphant poursuivra son chemin.


C'est à vous qu'on revient, — aux heures de tristesse,
Quand le devoir austère à l'humaine faiblesse
Demande, au nom du ciel, de pénibles efforts, —
O Maîtres, c'est à vous, à vos pages si belles,
Et quand vos strophes d'or nous ont pris sur leurs ailes,
Nous devenons bientôt plus joyeux et plus forts.


❄


Ah ! dans l'enthousiasme où notre âme est ravie,
Gardons-nous d'applaudir aux fautes de leur vie ;
Les lauriers ne sont pas la palme des élus !
Mais en glorifiant les divines croyances,

Eux-mêmes condamnaient leurs propres défaillances,
Et leur vie est pour nous une leçon de plus.


Hugo, lui qui chanta les Rayons et les Ombres,
Dans ses longs jours de gloire eut des heures bien sombres,
Et sa mort nous offrit plus d'un sujet de deuil ;
Le poète fut grand d'une grandeur suprême,
L'homme eut moins de grandeur, car, il l'a dit lui-même,
Les hommes sont petits quand ils s'enflent d'orgueil.


Lamartine est plus pur ; son âme simple et fière
Des hautes régions habitait la lumière,
C'est une âme d'enfant au front doux et serein.
Lamartine ! ce nom parfumé d'ambroisie,
N'est-ce pas votre nom, ô sainte Poésie,
Aussi bien que le vôtre, ô poète divin !

# Une Loi impie

# Une Loi impie

*Perversi lex improba cœtûs.*
(CLAUDIEN.)

Ils ont donc accompli leur œuvre de démence,
Ils ont effacé Dieu du livre de l'Enfance ;
Ils ont effacé Dieu, sans colère et sans bruit !
Le temps fera le reste, ils ont tari la source :
Vieillards, quand nous aurons achevé notre course,
Notre Foi, comme nous, descendra dans la nuit !


Pour eux, rien ne les trouble et leur âme est sans crainte.
« De quoi vous plaignez-vous ? Qui touche à l'arche sainte ?
« Et le dogme chrétien n'est-il pas respecté ? »
Ils ont fait, disent-ils, une loi libérale,

Une loi de progrès, et sur l'œuvre fatale
Ils ont inscrit ces mots : Justice et liberté !


Justice et liberté ? Vous les avez proscrites !...
Ah ! si Chénier vivait, sectaires hypocrites,
Comme il les vengerait de tous vos attentats !
Je ne suis pas Chénier, mais je suis catholique ;
Citoyen, j'ai souci de la chose publique,
Mais je veux avant tout flétrir les apostats !


Oui, ces législateurs aux étranges doctrines,
Qui sèvrent nos enfants des croyances divines,
Ils sont nés dans l'Eglise et sortis de nos rangs ;
Elevés comme nous dans la Foi du Baptême,
Au Dieu de leur jeunesse ils jettent le blasphême
Et se font apostats pour devenir tyrans.


Oui, je mets sur leurs fronts cette suprême injure.
Je sais qu'ils peuvent tout ; mais cette flétrissure

Leur pouvoir insolent ne saurait l'effacer.
Qu'ils aillent, triomphants, sur leurs chars de victoire,
L'honnête homme sait bien ce que pèse leur gloire,
Et les montre du doigt quand il les voit passer.


Au reste, l'apostat veut bien qu'on le méprise ;
A l'homme qui poursuit cette infâme entreprise
D'ériger l'athéisme en loi de son pays,
Qu'importe la pudeur, et que lui fait la honte ?
C'est flatter son orgueil que lui demander compte
Des devoirs méconnus et des serments trahis.


Est-ce tout, maintenant, et votre apostasie
Est-elle sans retour et sans hypocrisie ?
Devons-nous craindre enfin de vous calomnier,
O vous qui nous offrez l'étrange phénomène
D'être dans notre siècle et dans la race humaine
Les seuls hommes connus par qui Dieu soit nié ?

Nier Dieu ! Faut-il donc que l'homme en soit capable !
Nier Dieu, c'est le crime atroce, inexprimable,
Qui trouble la pensée et fait frémir le cœur ;
C'est le crime final de l'orgueil en délire,
Qui répand sur la terre et tout ce qui respire
Son ombre menaçante et son voile d'horreur.


Au fond des continents, sur les lointains rivages,
Les tribus du désert, les peuplades sauvages
Ont des rites sacrés, un culte et des autels.
On n'ignore pas Dieu ! L'Auteur de la nature
En secret se révèle à toute créature,
Et son nom est gravé dans tous les cœurs mortels.


Eh bien ! ce Créateur que les hommes adorent
Nos savants l'ont nié, nos Lycurgues l'ignorent ;
Ils l'ont mis hors la loi, son nom même est proscrit !...
Ah ! c'est qu'un premier crime appelle un autre crime,
Avant de nous pousser au fond de cet abîme
Nos sectaires avaient renié Jésus-Christ !

Renier Jésus-Christ, le doux Sauveur des hommes !
Même dans le pays et le siècle où nous sommes,
C'est une chose grave et qui touche à l'honneur.
L'Evangile n'est donc qu'un récit de faussaires ?
Les Apôtres du Christ des êtres légendaires,
Et Lui, s'il a vécu, n'était qu'un imposteur ?


Pour faire cette preuve il faut bien des études !...
Le monde ne croit guère à des travaux si rudes,
Et de ces convertis il fait très peu d'état.
Le monde est singulier ! Qu'un ministre hérétique
Abjurant ses erreurs se fasse catholique, —
« Honneur à celui-ci, — l'autre est un renégat ! »


Que parlons-nous d'étude et de veilles savantes ?
Jamais ces choses-là dans les âmes croyantes
N'ont apporté le doute ou causé de l'effroi ;
Non ! Quand la foi se perd, c'est d'une autre manière ;

Les orages du cœur ont voilé sa lumière,
Car la vertu jamais ne survit à la foi.

Des esprits et des cœurs nous ne sommes pas juges ;
Dieu seul, comme nous tous, jugera les transfuges.
Pour moi, je veux les plaindre. Au fond de leurs palais,
Ils ont, ces Rois du jour, les bras chargés d'entraves,
La secte maçonnique en a fait ses esclaves,
Et ces moqueurs du Christ ne sont que des valets !

Ah ! quand on est la France et qu'on a dans l'histoire
Sous le drapeau du Christ quinze siècles de gloire,
Il est dur de subir le joug des mécréants.
— Mais si le joug est dur, si l'épreuve est cruelle,
Est-elle imméritée ? et la France peut-elle
Contempler sans remords ses destins chancelants ?

Hélas ! dans ce pays loyal, sans défiance,
Au nom du beau langage, au nom de la science,

Sophistes et pédants ont trouvé bon accueil.
« Le dogme importe peu, le tout c'est la morale... »
On écoute, ravi ; puis un jour, ô scandale !
Le précipice est là qui dévoile l'écueil.


Un facile triomphe est souvent éphémère.
La France, ma patrie, et l'Eglise, ma mère,
Dans une même cause, auront même destin.
Que peut contre le Christ la haine ou le mensonge ?
Apostats, votre règne est comme un mauvais songe
Qui fait peur dans la nuit, qui fait rire au matin !

ɔ

Le Vendredi-Saint

# Le Vendredi-Saint

EBOUT ! Ceignez vos reins pour la Pâque nouvelle,
  Enfants de la nouvelle loi !
Les grands jours sont venus, c'est l'heure solennelle
  De montrer votre foi !


Nous qui croyons au Christ mourant sur le Calvaire
  Pour le rachat du genre humain,
Nous savons quelle fête et quel anniversaire
  Nous célébrons demain.
Demain ! c'est le grand jour où Dieu se manifeste,
  Le Dieu des Chrétiens, juste et bon ;
Jésus prend le supplice, aux pécheurs il ne reste
  Qu'à prendre le pardon.

De rigueur et de grâce ineffable mélange !
Le monde s'en est étonné ;
Puis, il s'est laissé vaincre à cet amour étrange
Qui veut tout pardonner !


O Christ ! ô Rédempteur ! Si votre Croix bénie
Offusque les puissants du jour,
Nous ne commettrons pas, nous, cette ignominie
D'oublier votre amour.
Qu'importent les puissants ! Notre foi populaire
N'a pas besoin de leur appui.
Ceux qui vous poursuivaient de leur vaine colère,
Où sont-ils aujourd'hui ?
Vous, Seigneur, quand leur rage enfin fut assouvie,
Ils vous mirent dans un tombeau.
Insensés ! Ils faisaient à l'Auteur de la vie
Un triomphe plus beau !
Car le troisième jour, à l'aurore, saint Pierre
Ne vit dans le sépulcre ouvert
Qu'un suaire ; à l'entour les gardes, et la pierre
Dont il était couvert.

Vous étiez de nouveau vivant parmi les hommes,

    N'ayant plus crainte de mourir !

—C'est pourquoi nous venons, tout pécheurs que nous sommes,

    Vous louer, vous bénir !

Nous venons adorer votre Croix rédemptrice,

    Et sous son ombre nous ranger.

Elle est notre drapeau : qu'elle attire et bénisse

    Qui voudrait l'outrager !

Humbles et repentants, de nos lèvres ardentes

    Nous baiserons vos pieds percés ;

Et nous contemplerons les blessures sanglantes

    Qu'ont faites nos péchés.

Et, puisque votre amour a préparé d'avance

    Le banquet, gage d'union,

Nous irons jusqu'à vous, et de la Pénitence

    A la Communion.


Oui ! Nous irons à Lui, parce qu'il le désire ;

    Au Christ il est doux d'obéir !

Et notre ambition c'est qu'il puisse nous dire :

    « Vous m'avez fait plaisir ! »

Debout ! Ceignons nos reins pour la Pâque nouvelle,
     Enfants de la nouvelle loi !
Les grands jours sont venus : c'est l'heure solennelle
     De montrer notre foi !

# La Savoie aux pieds de Pie IX

# La Savoie aux pieds de Pie IX [1]

A vos pieds, Très Saint-Père, enfants de la Savoie,
    Nous sommes amenés par un doux souvenir ;
Si doux qu'il nous semblait, vers vous, dans notre joie,
    Non point aller, mais revenir...

Ce n'était pas ici : pour sauver votre vie,
Vous aviez fui devant les Hérodes du jour.....
Et quelques Savoisiens, de leur humble patrie
    Vous disaient les vœux et l'amour.

(1) Cette pièce fut lue à Pie IX, au nom et en présence des
deux cents membres du Pèlerinage savoisien à Rome, le 20 sep-
tembre 1876.

De vos lèvres alors tomba cette parole,
Plus brillante pour nous que le ciel étoilé :
« Je bénis la Savoie ! Elle seule console
  « Le cœur du Pontife exilé ! »


De notre antique foi notre pays s'honore,
Et son amour pour vous garde le même élan ;
Puisse-t-il aujourd'hui vous consoler encore,
  O saint captif du Vatican !


Car à nul plus qu'à nous ne sauraient être amères
Les rapines sans nom qui foulent tous vos droits ;
Vos geôliers d'aujourd'hui, longtemps furent nos frères,
  Leur drapeau, c'était notre Croix !


C'est à nous qu'ils l'ont pris le saint, l'auguste signe,
Pour venir le clouer sur vos murs abattus.
Quand nous avions, alors Français, l'honneur insigne
  D'être dans les rangs des vaincus.

Laissons-les ! Oublions ! Ce jour est une fête
Qui ne parle à nos cœurs que d'amour et d'espoir :
Quand la barque de Pierre a lassé la tempête,
    Le calme revient sur le soir !


Ces triomphes divins, qu'attend la foi sereine,
Ils peuvent bien tarder, puisqu'ils doivent venir !
Gloire au Pontife-Roi ! Que sa main souveraine
    Se lève encor pour nous bénir !

# Traduction de Psaumes

# Psaume ij

### Quare fremuerunt gentes

---

Pourquoi les nations sont-elles frémissantes ?
Pourquoi les vains complots des peuples d'Israël ?
Les Rois se sont levés ; les Princes, sous leurs tentes,
    Ont joint leurs mains et leurs voix menaçantes
Contre le Roi des cieux et son Christ immortel.
      « Brisons de honteuses entraves,
« Ces chaînes dont le Christ veut lier ses esclaves,
« Et jetons loin de nous le joug de l'Eternel ! »


L'Eternel, il se rit de leur rage éphémère.
Et, des cieux, son regard raille les insulteurs.
Il saura leur répondre un jour dans sa colère,
Et les accablera du poids de ses fureurs.

9

Pour moi, sur sa montagne sainte
Et dans Sion il m'a fait Roi ;
Il m'a prescrit d'être sans crainte
Et d'annoncer partout sa Loi.
Et le Seigneur m'a dit, quand sa bouche suprême
Voulut dévoiler son amour :
« Mon fils, c'est toi mon fils, et c'est aujourd'hui même
« Que mon sein t'a donné le jour.
« Demande-moi ! J'ai fait grand ton partage,
« Toutes les nations seront ton héritage.
« La terre entière est dans ta main !
« Peuples et rois m'ont déclaré la guerre :
« Tu les tiendras courbés sous ton sceptre d'airain.
« Et tu les briseras comme un vase de terre
« Qu'on brise aux pavés du chemin ! »


Et maintenant, ô Rois, c'est à vous de comprendre ;
Maîtres du monde, instruisez-vous.
Servez le Tout-Puissant avec un soin jaloux.
Dans les transports de l'amour le plus tendre

Restez tremblants à ses genoux.
A la loi de son Christ pliez-vous avec joie,
De crainte qu'à la fin le Seigneur irrité
De l'éternel séjour ne vous ferme la voie !

    Au jour prochain et redouté
    Où s'allumera sa colère,
Ceux-là seront heureux qui, jaloux de lui plaire,
De son fidèle amour n'auront jamais douté !

# Ps. iij

## Domine, quid multiplicati sunt

—

QUE d'ennemis ligués pour me faire la guerre,
Seigneur ! Un peuple entier contre moi s'est levé ;
　　　La foule, qui me voit à terre,
Dit hautement : son Dieu ne veut pas le sauver.
Vous, Seigneur ? Mais c'est vous qui prendrez ma défense,
　　　Et vous vengerez cet affront,
Vous qui faites ma gloire et relevez mon front !
　　　Vers le Seigneur, dans la souffrance,
　　　Ma voix pousse un cri suppliant ;
　　　Et le Seigneur à son enfant
　　　Répond de sa montagne sainte.
　　　Mes yeux se ferment, et sans crainte
　　　Je m'endors d'un profond sommeil ;
　　　Et quand vient l'heure du réveil.

Tranquille et joyeux je me lève.

C'est que le Seigneur, mieux qu'un glaive,

Garde et soutient son serviteur.

La foule en vain, dans sa fureur,

Me presse et me poursuit sans trêve :

Rien ne me donne de l'effroi.

J'ai dit : Dieu, levez-vous ! ô mon Dieu, sauvez-moi !

Et vous avez frappé, Seigneur, en plein visage,

Les orgueilleux contre moi révoltés ;

Et vous avez mis fin à leurs iniquités

En brisant à la fois et leurs dents et leur rage !

C'est le Seigneur qui sauve ! Oh ! puisse d'âge en âge

Son amour sur son peuple étendre ses bontés !

# Ps. iv

## Cum invocarem

—

Quand j'élevai vers vous, Seigneur, ma voix plaintive,
Toujours, Dieu juste et bon, vous m'avez écouté ;
Quand aux mains des méchants mon âme était captive,
      Vous l'avez mise en liberté.
Soyez-moi secourable, et, dans votre bonté,
Prêtez à ma prière une oreille attentive.


Enfants des hommes, vous qui cherchez mon trépas,
Votre cœur à la fin ne fléchira-t-il pas ?
      Pourquoi caresser un vain songe,
Et nourrir vos esprits de haine et de mensonge ?
Sachez que le Seigneur, pour l'homme de son choix
Déploiera sa puissance et son bras tutélaire ;

J'invoque le Seigneur, il répond à ma voix.
Vous donc, tout frémissants d'une vaine colère,
Gardez que vos péchés n'irritent le Seigneur ;
Dans le repos des nuits, par la douleur amère
Expiez les forfaits commis dans votre cœur.
Immolez au Seigneur une victime sainte,
Et sur lui désormais reposez-vous sans crainte.


Ils disent : le bonheur, qui peut nous le donner ?
— Seigneur, sur notre front vous faites rayonner
      La lueur de votre visage ;
Vous donnez à mon cœur votre joie en partage :
Qu'ils regorgent de biens ! Leurs amas précieux
De blé, d'huile et de vin ne sont rien à mes yeux !


      Je veux en paix goûter les charmes
      D'un tranquille et profond sommeil ;
Et comptant sur vous seul, ô mon Dieu, sans alarmes
      J'attendrai le réveil.

## Ps. vj

### Domine, ne in furore

—

NE châtiez pas ma malice,
O mon Dieu, dans votre fureur ;
De votre inflexible justice
Tempérez pour moi la rigueur.
Ayez pitié de moi, vous voyez ma faiblesse ;
Guérissez-moi, Seigneur, mes os sont tout tremblants,
Et mon âme succombe au poids de sa tristesse.
Seigneur, quand viendra-t-il le secours que j'attends ?
Venez, et délivrez mon âme ;
Opérez mon salut, afin que tout proclame
Votre miséricorde envers vos serviteurs.
La mort dans le silence éteint votre mémoire,
Et, dans ses noires profondeurs.
L'enfer n'a point de voix pour chanter votre gloire,

Mon âme dès longtemps se consume à gémir ;
Je baigne, chaque soir, ma couche de mes larmes.
Et mes pleurs, dans la nuit, ne cessent de jaillir.
Pour mes yeux alanguis le jour n'a plus de charmes,
Et, débile vieillard, vivant dans les alarmes.
D'ennemis entouré, je me sens défaillir.


Loin de moi les méchants et leur race adultère !
Le Seigneur s'attendrit à la voix de mes pleurs ;
Il a prêté l'oreille à mon humble prière,
Le Seigneur me fait grâce et me rend ses faveurs.


Qu'ils soient couverts de honte et frappés d'épouvante
    Ceux qui mettent ma tête à prix !
Qu'ils soient réduits à fuir, et que la foule ardente
    Les poursuive de ses mépris !

✥✥✥

## Ps. viij

**Domine Dominus noster**

---

 MAÎTRE souverain, notre Dieu tutélaire,
   Que votre nom est glorieux !
   Qu'il est grand par toute la terre,
   Qu'il est sublime dans les cieux !


   Le petit enfant dans ses langes,
   Qui s'abreuve au sein maternel,
   Déjà raconte vos louanges
   Et vous nomme en montrant le ciel !


   Ainsi la voix de l'innocence
   Couvre de honte le pécheur ;

Ainsi vous confondez d'avance
L'impie et le blasphémateur.


Seigneur, j'ai contemplé, dans une nuit sans voiles,
J'ai contemplé les cieux, ouvrages de vos doigts,
Et la lune, et les feux scintillants des étoiles,
Dont la foule inconnue obéit à vos lois.


Mais l'homme qu'est-il donc près de ce grand ouvrage,
Pour que vous lui gardiez un tendre souvenir ?
D'où vient au fils de l'homme un si noble partage
Qu'à vivre près de lui son Dieu prenne plaisir ?


L'homme, vous l'avez fait pour un destin suprême !
Semblable aux Immortels et presque leur égal,
A son front glorieux portant le diadème,
Sur la création il règne sans rival.
Et vous avez voulu que toute créature,
          Dans l'univers, fût à ses pieds :

Les paisibles brebis et les bœufs familiers,

Et les bêtes des champs errant à l'aventure ;

Le peuple des oiseaux qui sillonne les airs,

Ainsi que les poissons qui cherchent leur pâture

Dans le gouffre immense des mers.


O Maître souverain, notre Dieu tutélaire,

Que votre nom est glorieux !

Qu'il est sublime dans les cieux,

Qu'il est grand par toute la terre !

# Ps. l

## Miserere mei Deus

———

Pitié, pitié, Seigneur ! Oubliez mes offenses
Et n'ayez souvenir que de votre bonté ;
Poursuivez, ô mon Dieu, le cours de vos clémences,
    Effacez mon iniquité.


Lavez de plus en plus mon âme pécheresse ;
Délivrez-moi, Seigneur, de ce crime odieux ;
Car je connais ma faute, et mon crime sans cesse
    Est présent à mes yeux.


A vous seul, ô mon Dieu, s'attaquait ma malice ;
Fuyant d'autres regards, j'ai péché devant vous.

Oh ! je suis sans défense, et de votre justice
Je ne me plaindrai pas, quel que soit le supplice
    Dont m'ait frappé votre courroux.


Hélas ! je suis pécheur dès le sein de ma mère,
Et c'est dans le péché que j'ai reçu le jour.
Mais vous, vous appelez toute âme à la lumière,
Et vous m'avez fait voir dans leur profond mystère
    Tous les secrets de votre amour.


De l'hysope, Seigneur, sur ma lèpre hideuse
Répandez la rosée et je deviendrai pur ;
Lavez mon âme, afin qu'elle soit radieuse
    Comme la neige dans l'azur.


Prononcez, ô mon Dieu, la parole bénie
Qui rendra l'allégresse et la paix à mon cœur :
Libre de ses remords, mon âme rajeunie
    Tressaillera de joie et de bonheur.

Détournez vos regards de ma triste souillure,

Effacez-la, Seigneur, et qu'il n'en reste rien ;

Faites battre un cœur pur à la place du mien,

Et restaurez en moi votre esprit de droiture,

Pour être désormais mon guide et mon soutien.


Ne me repoussez pas loin de votre présence,

Laissez votre Esprit-Saint faire en moi son séjour ;

Donnez-moi du pardon la joyeuse assurance,

Par votre esprit royal soutenez ma constance,

      Et moi, Seigneur, en retour,

Dans l'âme des pécheurs réveillant votre crainte,

      Je prêcherai votre loi sainte,

Et les ramènerai, Seigneur, à votre amour.


Du sang injustement versé, du sang d'Urie

      Délivrez-moi, Dieu rédempteur :

10

Et je proclamerai tous les jours de ma vie
  La clémence de mon Sauveur.


Seigneur, vous ouvrirez mes lèvres frémissantes,
Et ma bouche partout publîra vos bienfaits;
Si vous aviez voulu des victimes sanglantes,
  Seigneur, je vous les offrirais.


L'holocauste a cessé de vous être agréable.
Seigneur, le sacrifice où vous prenez plaisir,
C'est l'amère douleur qui brise un cœur coupable;
Vous ne repoussez pas, Seigneur, le misérable
Qui répand à vos pieds les pleurs du repentir.


Seigneur, couvrez Sion de votre bienveillance,
Couvrez de vos bienfaits votre sainte cité;
Ses murs sont abattus, son temple est dévasté,
Relevez-la, Seigneur, et prenez sa défense.

Alors vous recevrez, d'un regard paternel,

Les sacrifices purs, l'oblation parfaite

    Et l'holocauste solennel ;

Alors le temple saint aura ses jours de fête

Et le sang des taureaux rougira votre autel !

# Ps. lxvij

## Exurgat Deus

—

Dieu, levez-vous! Que les méchants
  Disparaissent de la terre,
    Comme la poussière
    Qu'emportent les vents.
  Superbes, qui faisiez la guerre
    Au maître du tonnerre,
  Fuyez maintenant sa colère,
  Fuyez ses regards menaçants.

✻

Comme on voit dans les airs se perdre la fumée,
  Ainsi périsse le pécheur.
Comme la cire fond à la braise enflammée,

De même soit à jamais consumée
La race des méchants à l'aspect du Seigneur.


Les justes, que leurs jours s'écoulent dans l'ivresse,
Comme à la table d'un festin ;
Qu'à l'aspect de leur Dieu, tressaillant d'allégresse,
Aux transports de la joie ils se livrent sans fin.


Chantez le Tout-Puissant, entonnez à sa gloire
Les hymnes de Sion ;
Faites place à Celui dont le char de victoire
Monte de l'occident ; l'Eternel est son nom.


Que tout éclate, à sa présence,
De joie et de reconnaissance,
Tandis que les méchants pâliront de frayeur
Devant le Dieu juste et sévère,
En qui l'orphelin trouve un père,
La veuve, un défenseur.

Le Seigneur a ses tabernacles
Au milieu de son peuple ; aux mêmes lois soumis,
Dans un même foyer il nous a réunis.
C'est lui qui d'Israël, à force de miracles,
A brisé l'esclavage et guidé tous les pas ;
   C'est lui qui couvrait de son bras
Ceux mêmes dont l'orgueil provoquait sa colère,
   Et qui sur la terre étrangère
      Ont trouvé le trépas.


Seigneur, quand au désert, devant le peuple en fête,
Vous passiez triomphant et marchiez à leur tête,
La terre tressaillit, — et des voûtes du ciel
L'eau tomba par torrents sur le désert immense,
      A la seule présence
Du Dieu du Sinaï, du maître d'Israël.


De vos cieux, chaque jour, merveilleuse rosée,
La manne descendait, Seigneur, pour vos enfants ;

Et quand leurs faibles cœurs la prirent en nausée,
Votre main leur trouva de nouveaux aliments.


Des cailles par milliers, voltigeant sur leurs têtes,
Vinrent du haut des airs s'abattre devant eux :
Ainsi votre bonté, Seigneur, fut toujours prête
    A secourir les malheureux.


Un jour — ce fut un cri de triomphe et de gloire —
Réunissant la foule au nom de l'Eternel,
    Les messagers de la victoire
    Chantaient les guerriers d'Israël ⸮


« Où sont les rois puissants, les nations jalouses
Qui du peuple de Dieu combattaient le destin ?
Ils ont fui devant vous ! Vos filles, vos épouses
    Se sont partagé le butin.

« Dans vos parts d'héritage à jamais respectées,
Guerriers, dormez en paix. Libre de son essor,
La colombe ouvre au ciel ses ailes argentées
　　　Et son plumage aux reflets d'or. »


Dieu lui-même aux vainqueurs partage le domaine
　　Qu'ils ont conquis sur des rois odieux ;
Et le Selmon lointain élève sur la plaine
　　Son front superbe et son sommet neigeux...


Monts de Bazan, qui bravez les orages,
Monts de Bazan, couronnés de gazon,
　　Qu'ils sont riants vos pâturages,
Qu'ils sont beaux vos sommets groupés à l'horizon !


Pourquoi, fils d'Israël, contempler à toute heure
　　La montagne aux nombreux sommets ?
L'Eternel a choisi Sion pour sa demeure,
　　C'est là qu'il habite à jamais.

Là, des milliers d'esprits, invisibles phalanges,
Portent son char de guerre et chantent ses louanges ;
Et sa majesté sainte à leur œil ébloui
Apparaît dans l'éclat d'un nouveau Sinaï.


Seigneur, dans la cité qu'habite votre gloire
Vous êtes revenu comme un triomphateur ;
Un peuple de captifs, fruit de votre victoire,
Vous suivait, rendant grâce à son libérateur.


C'est là que l'univers, d'un tribut volontaire,
Vous apporte, Seigneur, l'hommage solennel ;
Et l'idolâtre même, ennemi d'Israël,
Reconnaît dans Sion l'auguste sanctuaire
  Du Roi des Cieux, de l'Eternel.

Béni soit le Seigneur du couchant à l'aurore !

    Béni soit-il et loué tous les jours !

C'est lui qui nous sauva, c'est lui qui veut encore

Diriger notre voie et nous garder toujours.

Notre Dieu, c'est le Dieu qui sauve des abîmes,

Mais c'est aussi le Dieu qui sème le trépas.

Déjà ses ennemis sont marqués pour victimes ;

Il va briser leur tête et fouler sous ses pas

Tous ces fronts orgueilleux qui sont chargés de crimes

    Et n'en rougissent pas.

« En vain, dit le Seigneur, ils fuiraient ma vengeance.

Des grottes de Bazan ou de la mer immense

Je les ramènerai captifs entre tes mains,

Car je veux que leur sang, répandu sur la terre,

    Baigne ton pied, et désaltère

        La langue de tes chiens. »

Ils ont vu du Seigneur la marche triomphale ;
Ils l'ont vue, et leur âme a tressailli d'effroi,
    Quand l'Arche sainte de mon Roi
S'avançait au milieu d'une pompe royale.


Nos chefs, au premier rang, marchaient le front serein ;
Après eux les chanteurs et les chœurs d'harmonie ;
Les vierges de Sion, frappant le tambourin,
Du cantique sacré suivaient la symphonie :
« Peuples, dans vos concerts, bénissez l'Eternel ;
« Bénissez le Seigneur, vous, enfants d'Israël ! »
Là, toutes nos tribus et leurs fiers capitaines ;
Le jeune Benjamin, par l'extase pâli ;
Juda, qui tient le sceptre en ses mains souveraines ;
    Et vous, chef des tribus lointaines,
Princes de Zabulon, princes de Nephtali.

✷

Montrez, Seigneur, votre puissance,
Affermissez votre œuvre et vos bienfaits sur nous ;
Jérusalem verra les rois à vos genoux
Déposer le tribut de leur magnificence.

Frappez, Seigneur, au sein de ses marais fangeux,
Frappez le hideux crocodile ;
Frappez ces rois cruels, ces taureaux furieux
Que suivent les troupeaux d'une foule servile ;
Sauvez le peuple saint de leurs coups odieux.

Seigneur, effacez de la terre
Ces nations sans frein qui n'aiment que la guerre !
— Mais voici que l'Egypte, émue à votre voix,
Ouvre les yeux à la lumière ;
Et déjà l'Ethiopie, accourant la première,
Tend ses deux mains pour embrasser vos lois.

Chantez le Tout-Puissant, monarques de la terre ;
Chantez le Dieu sauveur, le Roi victorieux
Qui monte à l'orient vers les cimes des cieux,
Et qui donne à sa voix les éclats du tonnerre.


Rendez gloire au Très-Haut, il protège Israël ;
Les cieux sont revêtus de sa magnificence,
Et le temple sacré qu'habite sa présence
Atteste à ses enfants son amour immortel.


C'est notre Dieu, c'est le Dieu d'Israël ;
Toujours nous le verrons, pour le peuple qu'il aime,
Déployer sa puissance et combattre lui-même.
Béni soit le Seigneur ! Béni soit l'Eternel !

# Ps. cij

## Benedic anima mea

———

Mon âme, bénis le Seigneur,
Et qu'au nom du Très-Haut tout en moi rende gloire !
Mon âme, bénis le Seigneur,
Et de tous ses bienfaits conserve la mémoire !


Il offre à tes péchés un généreux pardon ;
Sa main, quand tu languis, vient guérir ta faiblesse ;
Dévolue à la mort, il paya ta rançon ;
Sa grâce t'environne et son amour te presse ;
Par delà tes désirs, il accroît sa largesse,
Et renouvelle en toi, comme à l'aigle en son temps,
Ta première jeunesse et ton premier printemps.
Le Seigneur vient en aide à tous les misérables ;
Il se plaît à venger les droits de l'opprimé ;

A Moïse il ouvrit ses desseins adorables,
Et sa volonté sainte au peuple bien-aimé.


Il est compatissant et d'un cœur débonnaire ;
Sa patience est longue, et tendre son amour ;
Il ne garde qu'un temps le feu de sa colère,
Ses menaces jamais ne furent sans retour.


Pour nous, quand nos péchés provoquaient sa justice,
Selon notre malice
Nous n'avons pas été traités ;
Et le Seigneur, oubliant nos offenses,
N'a point égalé ses vengeances
A nos iniquités.


Mesurez la hauteur et l'abîme insondable
Des Cieux étincelants à notre globe éteint :
Bien plus grande est encor la tendresse ineffable
Que garde le Seigneur à celui qui le craint.

L'Aurore et le Couchant se perdent dans l'espace,
      Séparés par l'immensité ;
Plus loin de nous encor le Seigneur, par sa grâce,
      A jeté notre iniquité.


Un père en ses enfants excuse la faiblesse,
L'amour et la pitié désarment sa rigueur :
Le Seigneur envers nous fait de même, et son cœur
Pour celui qui le craint n'a pas moins de tendresse.


C'est qu'il connaît l'argile où l'homme fut pétri ;
Il n'a pas oublié que nous sommes poussière.
L'homme, il passe en un jour comme un gazon flétri ;
Comme la fleur des champs sa fleur est éphémère ;
Le vent souffle, elle tombe ; et, comme une étrangère,
Le sol qui la portait ne la reconnaît plus !
Mais l'amour du Seigneur, pour celui qui l'implore,
      Des temps a précédé l'aurore,

Et ses flots éternels s'épanchent sans reflux.
Aux enfants des enfants il étend sa clémence,
Sur ceux dont le cœur pur garde son alliance,
Qui scrutent sa loi sainte, et qui sont résolus·
     A l'accomplir avec constance.
Le Seigneur a dressé son trône dans le Ciel,
Et soumis l'univers à son sceptre immortel.


Bénissez le Seigneur, vous, ses anges fidèles,
     Céleste Cour du Roi des rois ;
Messagers toujours prêts à déployer vos ailes
     Au premier signal de sa voix.


Bénissez le Seigneur, vous, Puissances sublimes,
     Ministres, confidents intimes
      Des volontés du Créateur ;
De tout ce qu'il créa, de tout ce qui respire,
Qu'il soit béni partout dans son immense empire.
     Mon âme, bénis le Seigneur !

# Ps. ciij

## Benedic anima mea Domino

—

Bénis le Seigneur, ô mon âme !
O Maître tout-puissant, ô mon Dieu, tout proclame
    Votre inconcevable grandeur.
Vous avez revêtu la gloire et la splendeur.
    De la lumière éblouissante
Vous vous êtes voilé comme d'un vêtement.
    Comme la toile d'une tente
Vous avez dans le ciel tendu le firmament.
Vous avez entassé sur la voûte sublime
    Un océan mystérieux.
Dans un nuage d'or, votre char glorieux,
    Vous allez à travers l'abîme,
    Porté sur les ailes des vents.
Vous avez pour hérauts les célestes puissances,

Pour ministres de vos vengeances
L'éclair et les feux dévorants !


Vous avez affermi le globe dans l'espace,
Et rien ne saurait l'ébranler ;
Autour de lui, comme un manteau roulé,
La mer inondait sa surface
Et recouvrait les monts de ses flots orgueilleux ;
Mais à votre voix menaçante
La mer s'enfuit ; ses flots s'abîment d'épouvante
A la voix du tonnerre éclatant dans les cieux ;
Et la terre surgit ; les montagnes se dressent ;
Les plaines à leurs pieds s'étalent et s'abaissent ;
L'océan dans son lit s'écoule avec ses flots ;
Vos mains, en le creusant, ont posé la barrière
Qu'il ne franchira pas, et sa vaine colère
Ne viendra plus couvrir la terre de ses eaux !


Les limpides ruisseaux coulent dans les vallées,
Jaillis de la montagne et nourris dans ses flancs ;

Là boivent à leur soif les animaux des champs
Et l'onagre accouru des steppes reculées ;
Là les oiseaux du ciel en joyeuses volées
Emplissent les rochers et les bois de leurs chants.


La montagne s'abreuve à l'onde
Que l'océan céleste épanche de son sein ;
Votre création féconde
A tout être vivant offre un riche festin !


Les troupeaux vont broutant l'herbe de la prairie ;
L'homme a son clos royal de plantes et de fleurs ;
La terre, à vos lois asservie,
Lui donne le froment pour prix de ses sueurs,
Le vin qui met au cœur la joie et le courage,
L'huile dont le parfum rajeunit le visage
Et le pain qui soutient les bras des laboureurs.
La forêt se nourrit d'une sève abondante
Et garde sa fraîcheur dans les feux de l'été ;
Le cèdre brave la tourmente

Sur le front du Liban où vos mains l'ont planté.

    Là, sous l'abri des verts feuillages,

    Les petits oiseaux font leurs nids;

La cigogne, leur reine, y fixe son logis

    Au retour des lointains voyages.

    Le cerf craintif va se cacher

    Aux ravins des cimes altières ;

    Les hérissons font leurs tanières

    Dans les cavités du rocher.


Vous avez fait la lune indécise et changeante

    Pour marquer les mois et les jours ;

Vous tracez au soleil sa carrière brillante

    Et le terme de son parcours.


    Vous plongez la terre dans l'ombre,

    Et le jour fait place à la nuit ;

    C'est l'heure où le fauve à grand bruit

    Court à travers la forêt sombre ;

    Ses lionceaux tout d'une voix

Rugissent dans le fond des bois,

Demandant à Dieu leur pâture.

Mais le soleil paraît : tout s'enfuit à la fois

Vers les gîtes cachés et la tanière obscure.

L'homme a pris son repos, il paraît à son tour ;

Sorti de sa demeure

Il se met à l'ouvrage, et dès la première heure

Il poursuit son travail jusqu'au déclin du jour.


Dans vos œuvres, Seigneur, quelle magnificence !

Partout votre sagesse est marquée à grands traits,

Et tout cet univers est plein de vos bienfaits.

Voici la mer, aux bras puissants, la mer immense ;

Vous en avez peuplé les eaux

De reptiles sans nombre et de toutes les formes.

Les uns petits, d'autres énormes ;

Là vont et viennent les vaisseaux,

Rapides, sans laisser de trace ;

Là règne le Léviathan

Que vous avez fait plein d'audace

Pour se jouer dans l'océan.

C'est de vous que tout être attend sa nourriture,
Et tous, l'heure venue, implorent à vos pieds.
  Vous donnez, votre créature
  Recueille vos dons enviés ;
Vous ouvrez votre main, et toutes, sans mesure,
  Avec profusion vous les rassasiez.


  Quand vous détournez votre face,
  Tout être est dans l'accablement ;
Si vous leur retirez votre souffle, à l'instant
  Ils meurent, et tombés sur place
  Redeviennent poudre et néant.


Envoyez votre Esprit, et leur froïde poussière
Se lève, ranimée au souffle créateur ;
La terre a retrouvé sa jeunesse première
Et sa face nouvelle éclate de splendeur.

Les siècles chanteront votre gloire immortelle,
Seigneur, devant ce monde où tout vous obéit.
Vous regardez la terre, et la terre chancelle;
Vous touchez la montagne, et la flamme jaillit !


Et moi, je veux aussi chaque jour de ma vie,
Seigneur, vous chanter, vous bénir.
Du kinnor à ma voix j'unirai l'harmonie
Et chanterai mon Dieu jusqu'au dernier soupir.


Aux chants de mon amour puisse-t-il se complaire !
Pour moi, c'est en Lui seul que j'ai mis mon bonheur.
Périssent à jamais l'impie et le pécheur,
Et qu'il ne reste rièn de leur race adultère !
Mon âme, bénis le Seigneur !

# Ps. cix

## Dixit Dominus Domino meo

---

Le Seigneur a dit à mon Roi :
« Viens, mon fils, prendre place au trône de ton père ;
Viens t'asseoir à ma droite et régner avec moi !
  Tes ennemis lèvent leur tête altière :
Je vais les abaisser jusque dans la poussière,
    Et de leurs fronts humiliés
    Faire l'escabeau de tes pieds !


« Ton sceptre glorieux, ta puissance féconde,
Le Seigneur l'étendra jusqu'aux confins du monde ;
Sion, la ville sainte, en sera le berceau.
Règne, règne, mon fils, sur les hommes rebelles,
Et de tes ennemis, par un succès nouveau,
    Fais-toi des serviteurs fidèles !

« Tu seras des mortels l'arbitre souverain,
Au jour où tu viendras, sur ton char de victoire,
Ouvrir à tes amis les splendeurs de la gloire.
Je t'ai, moi l'Eternel, engendré de mon sein,
Avant le premier jour et la première aurore,
Alors qu'au firmament ne brillait pas encore
        ·L'étoile du matin.


« Mon fils, je l'ai juré, je tiendrai ma parole :
En toi j'ai plus qu'un roi, j'ai mon Prêtre éternel,
Qui de Melchisédech doit recueillir l'autel,
Le royal sacerdoce et l'antique symbole ! »
Seigneur, le voilà donc votre Roi glorieux !
Il siège à votre droite, il règne dans les Cieux.
        Vienne le jour de sa colère,


Il brisera les rois sur leur trône éphémère ;
Aux peuples éperdus, rassemblés sous sa main,

Sa voix prononcera la suprême sentence ;
Et son bras irrité, consommant sa vengeance,
Contre ses ennemis se retournant enfin,
Ecrasera leur tête aux pierres du chemin.

Il viendra parmi nous, notre Roi magnanime,
S'abreuver au torrent des humaines douleurs ;
C'est pourquoi des martyrs l'auréole sublime
Se joindra sur son front aux divines splendeurs.

# Ps. cxviij

## Beati immaculati

———

Heureux qui, sans souillure, a traversé la vie,
    Marchant dans la Loi du Seigneur ;
Heureux qui, méditant sa parole bénie,
    Cherche son Dieu de tout son cœur.

    Mais cette voie aimable et pure
N'est pas celle que suit l'homme d'iniquité.
Vous commandez, Seigneur, à votre créature
D'accomplir votre Loi dans son intégrité.

Ah ! puissent tous mes pas n'être que l'observance
    Du Culte saint qui vous est dû !

Je ne serai point confondu
Tant que vos saints décrets seront en ma présence.


Je vous louerai, Seigneur, avec sincérité :
J'ai de vos jugements reconnu l'équité ;
A vos lois je promets entière obéissance :
Ne m'abandonnez pas à ma fragilité.


Comment de ses écarts revient l'adolescence ?
En gardant vos sacrés discours.
Moi, qui de tout mon cœur vous cherche dès l'enfance,
Dans vos commandements fixez-moi pour toujours.


En mon cœur j'ai caché votre Loi vengeresse
Pour ne point pécher contre vous ;
Vous êtes le Seigneur qu'on bénit à genoux :
De vos préceptes saints instruisez ma jeunesse.

Mes lèvres, chaque jour, aiment à publier
Tout ce que votre bouche a prononcé d'oracles ;
Vos saints commandements, vos sacrés tabernacles
Sont plus doux à mon cœur que l'or du monde entier.

Je veux pour votre Loi lutter contre moi-même,
Seigneur, et m'attacher à votre bon plaisir,
Faire de vos décrets mon étude suprême,
Et de tous vos discours garder le souvenir.

❧

Retribue servo tuo

Donnez à votre enfant, oh ! donnez-moi la vie,
     Et je garderai vos décrets ;
Seigneur, ouvrez mes yeux, et mon âme ravie
Scrutera de vos lois les merveilleux secrets.

12

Je suis étranger sur la terre ;
Seigneur, ne cachez pas vos ordres à mes yeux :
Votre justice salutaire
Est l'objet, à toute heure, est l'objet de mes vœux.


Vous avez du superbe abattu le courage,
Et maudit de vos lois le lâche déserteur ;
Ecartez de mon front le mépris et l'outrage,
J'ai mis votre justice avant tout dans mon cœur.


Les puissants ont entre eux délibéré ma perte,
Mais votre serviteur en vos lois s'exerçait ;
Car vos lois sont l'étude où mon âme se plaît,
Et trouve des conseils que rien ne déconcerte.


Je rampe sur le sol, sous mes maux affaissé ;
Seigneur, ranimez-moi selon votre promesse ;

Je vous ai tout soumis; vous m'avez exaucé,
Dans vos préceptes saints instruisez ma jeunesse.


De vos commandements montrez-moi le chemin,
Et je contemplerai vos merveilles sans nombre ;
Mon âme s'assoupit dans l'ennui lourd et sombre,
Relevez-moi, Seigneur, de la voix, de la main.


Eloignez de mes pas le sentier de l'impie :
Selon votre parole, ayez pitié de moi ;
J'ai pris la vérité pour règle de ma vie,
Et me suis souvenu de votre sainte Loi.


Je me suis attaché, Seigneur, à vos oracles ;
Ne trompez pas l'espoir de votre serviteur ;
J'ai couru votre voie en dépit des obstacles,
Vous aviez dilaté mon cœur.

❀

## Legem pone mihi

Faites que vos décrets soient la loi de ma vie,
Je veux les garder à jamais ;
Seigneur, agrandissez ma vue, et désormais
Scruter, suivre vos lois sera ma seule envie.

Guidez mes pas, Seigneur, dans votre droit chemin,
Mon âme y trouve ses délices ;
Inclinez mes désirs vers vos saintes justices
Et non vers un sordide gain.

Ne laissez pas mes yeux se repaître de fables.
Faites-moi vivre en votre Loi :
Maintenez dans mon cœur vos discours immuables,
Par votre crainte fixez-moi !

Je crains d'être, pécheur, un opprobre à moi-même ;
Qu'il n'en soit rien ; vos lois donnent les vrais plaisirs.
A vos préceptes saints aspirent mes désirs,
Donnez-moi pour appui votre équité suprême.

Faites miséricorde à votre serviteur ;
Opérez mon salut selon votre assurance ;
Aux insultes alors je répondrai, Seigneur,
Que j'ai dans vos serments placé mon espérance.

De ma bouche jamais n'ôtez la vérité,
Car en vos jugements j'espère sans mesure ;
Je veux garder vos lois toujours, avec droiture,
Dans le siècle qui passe et dans l'éternité.

J'ai marché dans ma voie au large et sans obstacles,
Sur vos préceptes saints dirigeant tous mes pas ;

En présence des rois j'annonçais vos oracles,
Et mon front ne rougissait pas.

Je méditais, Seigneur, votre Loi salutaire,
Votre Loi si douce à mon cœur;
Vers elle je tendais mes mains avec ardeur,
Heureux de lui donner mon âme tout entière.

❖

### Memor esto

N'oubliez pas, Seigneur, la parole sans prix
Que vous m'avez donnée, en qui je me confie.
Cet espoir me soutient seul dans tous les mépris,
Seule votre promesse a ranimé ma vie.

Contre moi les pécheurs se sont montrés cruels,
    Mais je n'ai point déserté votre voie ;
Je me suis rappelé vos arrêts éternels,
Et votre serviteur a retrouvé la joie.


L'abattement m'a pris quand j'ai vu les méchants
    Abandonner votre Loi souveraine ;
Pour moi, votre justice est l'objet de mes chants
    Sur la terre où l'exil m'enchaîne.


Je n'ai point oublié votre nom dans la nuit ;
Seigneur, à votre Loi je suis resté fidèle ;
Ce bonheur est le seul que mon âme poursuit,
Car en vos saints décrets elle a mis tout son zèle.


Mon partage, Seigneur, est vous seul, et je veux
Observer à jamais vos lois dans l'allégresse ;
Je répands devant vous mes larmes et mes vœux,
Prenez pitié de moi selon votre promesse.

J'ai sondé les sentiers où se portaient mes pas,
De vos préceptes saints mes pieds ont pris la voie ;
Je suis prêt, les labeurs ne m'arrêteront pas,
Je suis prêt à garder vos décrets avec joie.


Je suis enveloppé des piéges des méchants,
Mais votre Loi toujours à mon âme est présente ;
Au milieu de la nuit je me lève et je chante
L'adorable équité de vos saints jugements.


Mon cœur cherche les cœurs où règne votre crainte,
Les cœurs qui gardent vos décrets.
Toute la terre est pleine, ô Dieu, de vos bienfaits,
Enseignez-moi votre Loi sainte !


❖

### Bonitatem fecisti

—

Vous avez, ô mon Dieu, sur votre serviteur
Répandu vos bontés, selon votre promesse :
Enseignez-lui l'amour, la crainte et la sagesse,
Car à votre parole il croit de tout son cœur.


Avant d'être puni, j'avais été coupable,
Le malheur m'a rendu fidèle à votre Loi.
J'implore, ô Dieu d'amour, votre amour ineffable,
Dans vos préceptes saints, Seigneur, instruisez-moi !


Les méchants sur ma tête accumulent la haine ;
Pour moi, vous obéir sera tout mon souci ;
Comme le lait pressé leur cœur est endurci ;
Moi, j'aime à méditer votre Loi souveraine,

Vous avez pour son bien châtié votre enfant,
J'ai compris de vos lois la justice adorable ;
Seigneur, votre parole est bien plus désirable
       Que des monceaux d'or et d'argent.


Vos mains ont fait mon être et toute ma structure ;
Donnez-moi la sagesse et j'apprendrai vos lois ;
Vos amis me verront docile à votre voix
Et dans votre parole espérant sans mesure.


De vos arrêts, Seigneur, j'adore l'équité,
Et dans mon châtiment je vois votre tendresse ;
A votre serviteur tenez votre promesse,
Consolez-moi vous-même, ô Dieu plein de bonté.


Soyez-moi secourable et donnez-moi la vie,
Car votre Loi sans cesse occupe mon esprit ;

Confondez les méchants, sans cause ils m'ont proscrit;
Moi je veux m'exercer en votre Loi bénie.

Qu'ils se joignent à moi tous vos adorateurs,
Qui connaissent vos lois, qui gardent votre crainte;
Puissé-je, en un cœur pur gardant votre Loi sainte,
N'être point mis au rang des prévaricateurs!

Defecit in salutare

———

Dieu! mon âme languit après sa délivrance,
Elle attend le Sauveur qui lui fut révélé;
Mes yeux tout défaillants, dans leur impatience,
Ont dit : quand viendrez-vous, Seigneur, me consoler?

J'ai séché comme l'outre, au toucher de la glace,
Mais je n'ai point, Seigneur, oublié votre Loi :
Combien de jours encore reste-t-il devant moi ?
Quand de mes ennemis punirez-vous l'audace ?


Les méchants m'ont voulu gagner par leurs discours ;
Ah ! près de votre Loi, qu'ils me semblent frivoles !
Vous, c'est la vérité qui parle en vos paroles ;
Seigneur, je souffre à tort, venez à mon secours !


De la terre ils pensaient me faire disparaître,
Je n'ai point pour autant abandonné vos lois ;
Répandez votre grâce et la vie en mon être,
Et toujours je serai docile à votre voix.


Comme l'éternité, Seigneur, votre parole
Subsiste dans les cieux, vivante et sans déclin ;
Chaque âge la reçoit de l'âge qui s'envole ;
La Terre aussi demeure où l'assit votre main :

Votre doigt trace au jour sa marche régulière
Et tout dans l'univers subit votre pouvoir.
Seigneur, si je n'avais votre Loi pour lumière,
J'aurais à ma douleur succombé sans espoir.


Elle sera toujours présente à ma mémoire
Votre Loi qui me rend la vie et le bonheur.
Je suis à vous ; soyez vous-même mon sauveur.
A suivre vos décrets j'ai mis toute ma gloire.


Les pécheurs pour me perdre ont l'œil ouvert sur moi ;
Mais votre Loi, Seigneur, m'apprend ma destinée :
Toute chose parfaite est encore bornée.
L'espace ni le temps ne bornent votre Loi.

Quomodo dilexi legem tuam

Comment pour votre Loi vous dire ma tendresse ?
Seigneur, je la médite avec soin tout le jour ;
Par elle des méchants j'ai déjoué l'adresse :
Mon cœur à votre Loi s'est donné sans retour.

J'ai de mes précepteurs surpassé la science,
C'est que votre Loi sainte était mon aliment ;
J'ai même des vieillards surpassé la prudence,
Parce qu'en votre Loi j'ai marché constamment.

J'écarte de mes pas toute mauvaise voie,
Car à votre parole il m'est doux d'obéir :
A tous vos jugements je souscris avec joie,
Parce que votre Loi c'est votre bon plaisir.

A mes lèvres. Seigneur, douce est votre parole,
Le miel, à mon palais, offre moins de douceur :
Vos lois m'ont enseigné la sagesse, et mon cœur
N'a plus que du dégoût pour un monde frivole.


Seigneur, votre parole éclaire tous mes pas,
Et sur tous mes sentiers elle épand sa lumière ;
J'ai fait serment, Seigneur, et ne l'oublîrai pas,
D'observer à jamais votre Loi tout entière.


Et mon âme pourtant succombe à sa douleur ;
Tenez votre parole et rendez-moi la vie ;
Agréez la prière et les vœux de mon cœur,
Instruisez-moi, Seigneur, dans votre Loi chérie.


Mon âme est dans mes mains et prête à m'échapper,
Mais elle se souvient de vos lois adorables ;

Les pécheurs m'ont tendu des pièges innombrables ;
De vos commandements j'ai suivi le sentier.


De vos lois à jamais j'ai fait mon héritage,
Elles sont pour mon cœur sa gloire et ses plaisirs ;
A remplir vos décrets j'excite mon courage,
Car votre récompense enflamme mes désirs.

❀

### Iniquos odio habui

———

Je hais l'injuste violence.
Et votre Loi fait mon amour :
Vous êtes mon appui, Seigneur. et ma défense.
J'ai dans votre parole espéré sans retour.

Retirez-vous, méchants, de ma présence,
Que la Loi de mon Dieu soit mon seul entretien ;
Vous, faites que je vive, et soyez mon soutien,
Et ne confondez pas, Seigneur, mon espérance.


Venez à mon secours et je serai sauvé ;
Et je méditerai vos lois toute ma vie ;
Vous méprisez l'impie et l'avez réprouvé,
    Tout son orgueil pour vous n'est que folie.


Tous ceux qui font le mal ont vos lois en horreur ;
    Cela me fait aimer votre Loi sainte.
Ah ! Seigneur, pénétrez mes chairs de votre crainte,
Car vos saints jugements me tiennent en frayeur.


O mon Dieu, j'ai gardé le droit et la justice,
Ne livrez pas mon âme aux mains de l'oppresseur ;
Mais étendez sur moi votre bras protecteur
Et de mes ennemis confondez la malice.

A mes yeux défaillants qu'il tarde le secours !
Qu'ils tardent vos arrêts vengeurs de l'innocence !
Seigneur, à votre enfant montrez votre clémence,
Dévoilez-moi le sens de vos sacrés discours.


A votre serviteur donnez l'intelligence,
De vos préceptes saints ouvrez-lui les secrets.
Vous, Seigneur, il est temps, montrez votre puissance,
    Ils ont déchiré vos décrets.


Votre Loi sainte à moi n'en sera que plus chère,
Je la mets au-dessus de l'or, des diamants ;
C'est pourquoi j'ai voulu la garder tout entière
Et toujours abhorré les sentiers des méchants.

❧

**Mirabilia testimonia tua**

—

Vos préceptes sont admirables,
C'est pourquoi mon esprit les médite toujours ;
La lumière jaillit de vos lois adorables,
Et l'âme de l'enfant s'éveille à vos discours.


J'aspire votre esprit de ma bouche brûlante,
Car de vos saintes lois mon cœur est altéré ;
Regardez ma misère et remplissez l'attente
D'un humble adorateur de votre nom sacré.


Seigneur, guidez mes pas selon votre promesse,
Affranchissez mon cœur de toute iniquité ;
Contre mes ennemis défendez ma faiblesse
Afin que dans vos lois je marche en liberté.

Faites luire sur moi votre face adorable,
Enseignez vos décrets à votre serviteur ;
Je verse jour et nuit des larmes de douleur,
Car ils font de vos lois un oubli lamentable.


Seigneur, vous êtes juste et rempli d'équité,
Vos jugements sont la droiture même ;
Vos lois ont pour appui la justice suprême
Et l'immuable vérité.


Le zèle a consumé mon âme
De voir vos décrets méconnus ;
Votre parole est l'or éprouvé par la flamme,
Et votre serviteur l'aime de plus en plus.


Je ne suis qu'un enfant, en butte à leur malice,
Mais l'amour de vos lois en mon cœur est resté ;

Je vois dans vos arrêts l'éternelle justice,
  Dans votre Loi la vérité.


La douleur et l'angoisse ont accablé ma vie,
Mais j'ai vos saints décrets pour consoler mes maux ;
J'adore de vos lois la sagesse infinie,
Faites-les moi comprendre et j'aurai le repos.

❋

## Clamavi in toto corde

—

Seigneur, prêtez l'oreille au cri de ma prière,
Mon âme pour vos lois se consume d'ardeur ;
Accourez à mes cris et soyez mon sauveur,
Que j'accomplisse enfin votre Loi tout entière.

J'ai devancé l'aurore et vers vous j'ai crié,
Car j'ai dans vos discours toutes mes espérances ;
Dès l'aube du matin mes yeux vous ont cherché
Pour scruter devant vous vos saintes ordonnances.


Ecoutez ma prière au gré de votre amour,
Faites-moi vivre, ô Dieu, selon votre justice.
Tous mes persécuteurs sont plongés dans le vice,
Ils se sont de vos lois écartés sans retour.


Vous êtes, vous, Seigneur, près de vos créatures,
Et tout dans votre voie est pure vérité ;
Dès longtemps je le sais, vos saintes Ecritures
Auront force de loi jusqu'en l'éternité.


Voyez, Seigneur, ma profonde détresse ;
Sauvez-moi, car mon âme a gardé votre Loi :
Prenez ma cause en main ; Seigneur, rachetez-moi.
Vivifiez mon cœur selon votre promesse.

Il n'est pas de salut pour l'âme des méchants,
Car ils ont de vos lois dédaigné la science ;
Et pourtant, ô mon Dieu, grande est votre clémence !
Ranimez-moi selon vos sacrés jugements.


Ils sont nombreux, Seigneur, ceux qui me font la guerre,
Mais fidèle à vos lois je méprise leurs traits.
J'ai séché de tristesse en voyant sur la terre
La foule des pécheurs profanant vos décrets.


Voyez ! Pour votre Loi mon amour est extrême ;
Que je vive, ô mon Dieu, grâce à votre bonté !
Vos paroles, Seigneur, sont la vérité même,
Et vos justes arrêts sont pour l'éternité.

❉

## Principes

—

De puissants ennemis me poursuivent sans cause,
Mais c'est votre menace, ô mon Dieu, que je crains
Mon âme en vos discours triomphe et se repose
Comme les conquérants dans leurs riches butins.


Je hais de tout mon cœur le mensonge et le vice.
    Et de vos lois j'aime la sainteté.
Sept fois le jour je viens louer votre justice
Et de vos jugements l'adorable équité.


Les amants de vos lois ont la paix en partage.
Leur chemin n'offre plus d'obstacles sur leurs pas ;
Pour moi, Seigneur, j'attends l'appui de votre bras,
Et j'aime votre Loi chaque jour davantage.

J'ai suivi vos décrets avec un soin jaloux ;
   Mon âme en a fait ses délices,
Elle a gardé vos lois et vos saintes justices,
Et tous ses mouvements sont à nu devant vous.


Que le cri de mon cœur vienne en votre présence ;
Selon votre promesse, éclairez-moi, Seigneur ;
Que ma prière obtienne un regard de clémence,
Tenez votre parole et soyez mon sauveur.


Mes lèvres chanteront un hymne à votre gloire,
Quand vous m'aurez instruit de votre vérité ;
Ma langue de vos lois publîra la mémoire,
Car tous vos jugements sont remplis d'équité.


Etendez votre main, Seigneur, pour ma défense,
J'ai pris parti pour vous contre vos ennemis :

Je soupire, ô mon Dieu, vers le Sauveur promis,
Et j'ai vos saintes lois toujours en ma présence.


Oh ! mon âme vivra, vivra pour vous bénir ;
Vos jugements, Seigneur, sont là pour m'affermir.
Mais, pécheur, je suis comme une brebis errante ;
Recueillez dans vos bras mon âme chancelante :
Je n'ai pas de vos lois perdu le souvenir.

# Table des Matières

# Table des Matières

---✳---

1118-92. — Annecy. Imp. de F. Abry.

www.ingramcontent.com/pod-product-compliance
Lightning Source LLC
Chambersburg PA
CBHW051822020726
47502CB00005B/1585